장미총을 쏴라

제8회 황산벌청년문학상 수상작

장미총을 쏴라

김경순 장편소설

은행나무

일러두기

이 소설에 등장하는 인물과 사건은 작가에 의해 창작된 허구입니다.

차례

총이 아름다운 이유는
그 자체의 아름다움 때문이 아니라
살상의 위엄 때문이다.

박제된 뱀

—박제된 뱀이었습니다. 독을 품은 송곳니를 긴 혀 사이에 숨기고 먹잇감을 향해 돌진하기 직전이었습니다. 그게 발밑에 있었으면 도망쳤겠지만 액자에 갇혀 있었으므로 저는 두려우면서도 호기심에 다가갔습니다.

뱀이 아니라 총이었습니다. 검은 뱀피에 난삽하게 흩어진 황금 무늬는 상감 기법을 이용해 제작된 총신이었고, 먹잇감을 향해 독기 어리게 치뜬 눈은 총에 새겨진 동그란 장식이었습니다. 손잡이에는 작은 돌기가 촘촘히 박혀 있었는데 미끄럼 방지를 위한 요철이라기보다는 반드시 있어야 할 장식처럼 보였습니다. 액자 바탕에 깔린 비단은 질감 때문인지 푸른빛이 도는 하얀 빛깔 때문인지 총의 기운을 부각시키는 역할을 충분히 하고 있었습니다. 총신이 1미터에 이르는데다 검정 벨벳 같은 표면에 황금 무늬가 양각되어 있어서 검은 뱀으로 착각한 것도 무리는 아니었습니다.

정말 아름다웠습니다. 중세시대의 숙련된 장인이 수공으로 제작하던 화려한 칼집을 연상시켰습니다. 살상 무기가 아니라 모든 미학적 요소들을 모아놓은 예술품 같았습니다. 천장에서 내려온 가느다란 철끈에 매달린 위태로움이 대비되어 그 어떤 그림보다, 그 어떤 풍경보다 강렬한 아름다움을 뿜어내고 있었습니다.

한옥인이 말을 멈추고 아름다운 총을 떠올리기라도 하듯 입가에 미소를 지었다. 현은 두 사람이나 사살한 그녀가 미소를 짓자 처음 면담할 때의 불안정한 모습에서 느껴지던 연민이 사라지고 섬뜩함이 느껴졌다.

—회사에 총 액자가 걸려 있었다니 놀랐겠군요. 그것도 빈티지 총이라니요. 그 회사를 어떻게 알게 되었나요?

—도서관에서 팝업광고를 봤어요. 왜 2, 3초 잠깐 떴다가 사라지는 광고 있잖아요. 계간지《건》에서 편집자를 모신다는 광고를 보고 재빨리 캡쳐해놓은 게 정보의 전부였어요. '건'은 건축의 건일까, 건강의 건일까. 건축 잡지라면 건축이라는 단어에서 풍기는 뭔가 그럴듯해 보이는 장점을 포기할 리 없죠. 건강의 건일 수도 있을 것 같았어요. 무슨 무슨 건강이라는 제목이 붙은 잡지사에 전화를 걸었다가 한국판《플레이보이》라는 것을 알고 식겁한 적이 있었거든요. 하지만 이런 추측들은 무의미해졌습니다. 건은 'GUN'이었습니다.

눈앞에 있는 총의 위압감 때문인지, 땀이 식으면서 오한이 나는 건지 저도 모르게 몸서리를 쳤습니다. 실은 그 액자를 보기 전부터 낯선 냄새에 코가 긴장하며 탐색 중이었어요. 그 냄새는 평생 처음 맡아본 것이었습니다. 향수나 음식 냄새처럼 익숙한 향이 아니라 향로 속 타고 남은 재와 목캔디의 칼칼함과 페퍼민트 담배의 싸함을 합한, 어떤 복합적인 것들이 뒤섞인 냄새였습니다. 이 냄새가 무엇이며 어디서 흘러나온 것인지 출처를 찾다가 벽에 걸린 액자를 발견한 거예요.

사무실에 사람은 아무도 없고 이제 어떻게 해야 하나 두리번거리는데 한 남자가 계단참에서 제 이름을 불렀습니다. 잠깐 이 회사의 구조에 대해 말해야겠군요. 이곳은 평범한 2층 단독주택이었습니다. 그것도 80년대 배경의 드라마에 나올 법한 밤색 마루가 깔려 있는 구옥이요. 총 액자가 걸려 있는 자리도 가족사진이 주로 걸리는 거실의 벽면이었습니다. 회사 간판도 달려 있지 않은 평범한 붉은 벽돌 주택이라 땡볕에서 30분가량 헤맸습니다.

제가 계단 쪽으로 다가가자 남자가 계단참에서 저를 내려다보며 회사를 찾느라 힘들지 않았느냐고 물었습니다. 회사 간판이 달려 있지 않아서 좀 헤맸다고 말하자 '저희는 흔들림 없이 편안한 회사죠'라고 말했습니다. 농담으로 광고 카피를 따온 것인가 싶었지만 전혀 농담할 거 같지 않은 인상인데다 남자의 표정은 목소리만큼이나 건조했습니다.

남자를 따라 나무 계단을 올라갔습니다. 계단이 낡아 삐걱거리는 소리가 났습니다. 좁고 어두컴컴한 복도를 따라 끝까지 들어가니 사장실이라는 팻말이 붙어 있었습니다. 남자가 노크를 두 번 한 뒤 사장실 문을 열었습니다. 어둠에 익숙해졌던 눈이 사장실의 큰 창으로 들어온 빛에 찔려 저도 모르게 눈을 감아버렸습니다. 서둘러 눈을 뜨자 사장은 거대한 떡갈나무 장식장을 배경 삼아 방 한가운데 앉아 있었습니다. 장식장에는 이제까지 본 적 없는 온갖 총들이 빼곡히 진열되어 있었습니다. 전체적으로 엄숙한 분위기여서 사장은 빛과 총을 후광으로 둘러쓰고 있는 것처럼 보였습니다. 육중한 통나무 장식장에 책이 가득 꽂혀 있다 해도 위압감이 느껴질 텐데, 총 액자의 충격에서 채 벗어나기도 전에 장총부터 권총에 이르기까지 온갖 종류의 총이 진열된 것을 보자 또다시 몸이 굳어지는 것 같았습니다.

한옥인이 말을 멈추더니 두 손바닥을 이어 붙여 새둥지처럼 둥글게 만든 손을 가만히 내려다보았다.

―사장님이 저에게 그랬죠. 총에 최적화된 손을 가졌다고요. 그래요. 제가 총을 쏜 건 사실이에요. 하지만…… 저는 사람을 죽일 생각은 없었어요. 누군가 자신을 향해 트리거를 당기려 한다면 선생님은 어떻게 하시겠어요? 내가 살기 위해서라도 상대를 향해 총을 쏘는 건 본능 아닐까요? 오늘은 더 이상 못하겠어요.

한옥인이 자리에서 벌떡 일어났다. 그녀의 갑작스러운 행동에 현이 다급해져서 한옥인을 붙들려는 사이 그녀는 이미 몸을 돌려 밖으로 나가버렸다. 며칠 뒤 면회신청을 했지만 인터뷰를 거부한다는 답변이 돌아왔다.

현은 교정국 백서를 발간하는 정부 프로젝트에 아르바이트로 참여했던 일을 계기로 교도소장과 인연을 맺었다. 수필로 등단한 경력이 있는 교도소장이 수필가인 현에게 재소자를 대상으로 하는 글쓰기 교실을 의뢰하면서 재소자들을 만나게 되었다. 현이 재소자들의 이야기를 스토리화하는 과정에서 구술 작업을 병행하게 되었고, 자신의 과거를 털어놓는 것만으로도 정신적 치유에 효과가 있는 건지 수감자들이 좋아한다고 교도소장도 꽤 만족해했다. 프로파일러들도 범죄자들이 초기 면담에서 자신의 마음을 터놓게 하는 것이 중요하다고, 그렇게 라포가 형성되면 그들의 마음속에 응어리진 상처들이 치유돼 재범률을 낮출 수 있다고 했다.

현 또한 그들의 이야기에서 아이디어를 얻은 추리소설이 작은 문학상을 받으면서 인터뷰를 녹취하는 일에 더 열성적으로 참여하게 되었다. 누군가의 실제 이야기라 해도 소설이라는 것이 한 사람의 삶을 완벽하게 복기하기란 불가능한 것이고, 모티프에 살을 붙이다 보면 새로운 생명이 탄생하게 된다. 그게 픽션의 묘미일 것이다. 재소자들 입장에서도 자신의 이야기를 자전적인 논픽션이 아닌 픽션으로 재구성한다는 게 덜 부담스러운 건지 다른 지역에서도 의뢰가 오는 경우가 종종 있었다. 한옥인의 경우도 타 구치소에서 의뢰가 온 경우였다.

이런 상황이라 한옥인을 면담할 강제성이 없어서 어느 정도 포기하고 있었는데 열흘 정도 지난 뒤에 인터뷰를 다시 하고 싶다는 연락이 왔다. 문을 열고 들어서는 한옥인의 얼굴은 핼쑥해져 거의 푸른빛이 돌고 있었다. 그녀도, 유일한 혈육인 그녀의 어머니도 변호사를 선임할 경제적 여유가 없다. 그동안 변호사 없이 조사를 받아왔으니 아무리 살인범이라 해도 마음고생이 클 것이다.

　―지난번에 사장실에 들어갔던 것까지 이야기했죠?

　그녀의 심기를 건드려 지난번처럼 인터뷰가 중단될까봐 미적대고 있는 현을 대신해 한옥인이 먼저 말을 꺼냈다. 그녀가 긴 숨을 내쉬며 먼 허공, 혹은 벽 어딘가를 바라보았는데 죽음에서 살아 돌아온 사람의 기쁨 같은 것은 보이지 않았다.

　―사장은 100킬로그램이 훌쩍 넘는 거구였어요…….

면접

살찐 사람들 중에는 골격 자체가 크거나 오랜 운동으로 다져져 있는 근육형인 경우도 있지만 사장은 단순 비만임이 분명해 보였다. 그럼에도 둔해 보이지도, 무기력해 보이지도 않았다. 부담스러울 수 있는 자신의 살집을 잘 컨트롤하고 있었다. 사장이 살찐 손을 내밀어 의자를 가리켰을 때 나는 사장의 반대쪽 손에 묻어 있는 뭔가를 보았다. 숨기려고 애쓰지 않아 방심하고 지나칠 수도 있었지만 절반쯤 베어 문 이빨 자국의 단면에는 동물의 피처럼 보이는 붉은 점액질이 고여 있었다. 나중에 그것이 화과자라는 것을 알게 되었지만 총이 걸린 액자를 방금 본 뒤라 피를 연상할 수밖에 없었다.

규모가 크고 좋은 회사도 많을 텐데 왜 저희 회사에 지원하셨나요?
편집자 경험이 있나요?
총에 대해 알고 있는 것을 말해보세요.

앞의 두 질문은 예상하고 답변까지 준비했었지만 마지막 질문은 '건'이 그 'GUN'인 줄 몰랐기 때문에 미리 준비할 수 없었다. 하지만 마지막 질문은 어쩔 수 없었다 해도 왜 다른 질문들조차 대답하지 못한 것일까. 뇌와 연결된 의식은 공백 상태였다. 의식과 언어가 연결된 기관들을 모아서 집중하려 해도 잘 되지 않았다. 공기의 흐름은 의식하면서도 내 성대는 철저하게 차단되었다. 10초일까, 10분일까. 통행이 막힌 회로를 헤매다 어색함과 민망함이 뒤섞여 부글부글 끓어오를 즈음 사장이 한마디 했다. *면접은 이만 마치도록 하죠.*

인사도 못하고 비틀거리며 계단을 내려오면서 사장의 비만이 왜 단순 비만으로 보이지 않는지 깨달았다. 사장 뒤에 둘러선 총의 위압감이 사장을 견고한 요새처럼 보이게 했으며 거기서 발생한 심리적 압박이 준비한 말도 못하게 만든 것이다.

정원은 잘 손질되어 있었다. 잔디 위에 포석을 마구잡이로 깔아놓은 것 같은데 그것마저 아주 치밀하게 계산된 듯 내 보폭에 편하게 맞아떨어졌다. 아쉬움 때문인지 허탈함 때문인지 회사 철문을 나서며 다리에 힘이 풀렸다. 한여름의 땡볕이 골목을 가득 채우고 있는 것도, 그 땡볕을 피해 사람들이 섣불리 집을 나서지 않는 것도 같았지만 나는 뭔가 달라져 있었다. 다른 세계에 다녀온 것 같았다. 서늘하게 식었던 블라우스에 다시 땀이 차오르기 시작했다. 지하철역 환승로에 대형서점이 보여 들어갔다. 직원에게 《건》이라는 잡지가 있는지 물었다.

—《건》이요? 어떤 종류의 잡지인가요?

내가 이상한 건 아니다. '건'이라는 제목을 듣고 총 잡지라고 예상할 수 있는 여자가 몇이나 될까. 총 관련 잡지라고 했더니 직원은 한참을 검색한 후 고개를 갸웃거렸다. 제목을 다시 한번 확인한 뒤 그런 잡지는 없는 거 같다며 일본이나 미국잡지라면 안쪽 정기간행물실로 가보라고 했다. 외국 잡지라면 볼 것도 없었다.

집에 와 거울을 보니 땀에 지저분하게 뭉친 파운데이션이 얼룩덜룩한 게 멈추지 않는 롤러코스터라도 탄 듯 안색이 퀭했다. 잠이라도 한숨 푹 자고 싶었지만 각성제를 맞은 것처럼 정신이 또렷해졌다.

뱀으로 착각한 총 액자와의 첫 대면, 사장 등 뒤의 총 장식장, 사장 손에 묻어 있던 피 같은 붉은 액체, 건조하고 메마른 남자의 무표정한 얼굴. 여러 영상들이 반복 버튼을 누른 것처럼 무한 재생되었다.

치열한 경쟁 사회에서는 스펙으로 모든 가치가 결정된다는 사실을 졸업 후에 알았다. 도시관리학과를 전공했지만 꼭 기자가 되고 싶어 언론고시에 도전했다. 삼수를 했던 올해도 다 떨어졌다. 면접을 보러 갈 때만 해도 별 볼 일 없는 잡지사지만 일단 취업한 후에 경력을 쌓아 메이저 잡지사로 이직할 계획이었다. 면접에서 말 한마디 못한 내가 불합격하는 것은 당연하겠지만 인정하고 싶지 않을 만큼 이 회사가 끌렸다. 인터넷을 켜고 '건'을 검색해보았다. 서점 직원의 말대로 외국 잡지들뿐이었다.

이틀을 더 기다린 뒤 거의 폐인이 되어 회사로 전화를 걸었다. 지금 와서 생각해보면 무엇이 나를 용기인지 무모함인지로 몰아붙였는지 알 수 없다. '저를 취직시켜주신다면'으로 시작되는 낡은 말을 늘어놓으며 애걸복걸했다. 사장은 잠시 고민하더니 100킬로그램을 실은 묵직한 저음으로 한마디 했다. 그럼, 출근하는 걸로 합시다.

티라미수와 서바이벌 게임

잡지사 '건'은 집념의 사장과 행동파 광고 부장, 꿈을 좇는 차장, 이 세 사람이 꾸려가고 있었다. 출근 첫날, 면접을 보러 올 때와 똑같은 절차를 거쳐 붉은 벽돌집 앞에 섰지만 기분은 전혀 달랐다. 그때는 건이 총이라는 것도, 사무실에 총 액자가 걸려 있다는 것도, 거구의 사장 등 뒤로 총 컬렉션이 있다는 것도 몰랐기 때문이다.

현관에 들어서기 전, 나를 감동시켰던 총 액자와의 재회에 대비해 깊이 심호흡을 했지만 예상 밖의 상황이 벌어져 그럴 여유가 없었다. 거실 한가운데 놓인 10인용 대형 책상에 한 여자가 어색하게 앉아 있었다. 그녀는 짙은 흑갈색 머리를 가윗날이 보일 만큼 턱 아래에서 일직선으로 잘랐고 피부가 유난히 하얘서 잘 커팅된 티라미수 케이크 같았다.

나는 조금 쭈뼛거리다가 단발머리 때문에 도무지 몇 살인지 알 수 없는 그녀와 대각선이 되는 곳에 앉았다. 사장이 나 혼자만 뽑았을 거라는 이상한 확신을 가지고 출근한 터라 이 여자가 신입사원은 아닐 거라고 믿고 싶었지만 어쩐지 신입사원일 것 같다는 강한 확신이 들었다. 우리는 눈길을 피하는 척하면서 서로를 탐색했다. 이유는 곧 밝혀졌다. 나무 계단이 삐걱거리더니 사장이 내려왔다. 사장 옆에는 면접 날 나를 2층으로 안내했던 남자가 바짝 붙어 있었다.

—에, 많은 분들이 지원하셨더군요. 우리나라 청년실업 문제가 심각하다는 건 알고 있었지만…… 각설하구요, 두 분은 각각의 장단점을 가지고 있어서 우열을 가리기 힘들었습니다. 여기 진명유 씨는 Y대 간호학과를 나오시고 Y대 병원에서 3년을 간호사로 근무하시다가 저희 회사에 들어오신 분입니다. 영어면 영어, 일어면 일어, 뭐 아주 뛰어난 재원이라고 할 수 있죠. 여기 한옥인 씨는 개성과 의욕이 넘치는 젊은 친구입니다. 요즘 서바이벌 게임이 대세인 것은 아시죠. 세 달의 인턴 기간을 거쳐 두 분 중 한 명만 정식사원으로 뽑기로 결정했습니다.

전화를 걸어 애걸복걸했다는 걸 이 사람들 앞에서 밝히지 않은 건 고마웠지만 그렇다면 애초에 거절을 할 것이지, 팝업광고를 내고 간판조차 달지 않은, 주택을 개조한 손바닥만 한 회사에서 서바이벌 경쟁까지 벌여야 하다니 끔찍한 일이었다.

—저희 잡지는 총에 관련된 국민들의 욕구를 수용하고자 창간되었습니다.

사장이 몸을 살짝 돌려 벽에 걸린 총 액자를 가리켰다. 사장의 살찐 관자놀이를 파고든 안경의 가느다란 금테와 액자를 지탱하고 있는 철끈이 대비되었다. 총을 봤던 첫날의 충격과 경이

로움은 어느 정도 사라졌지만 여전히 그 자태는 신비로웠다. 진명유는 시력이 안 좋은 건지 총의 위압감 때문인지 미간을 찌푸렸다.

—우리 잡지 총괄 업무를 맡고 계시는 광고 부장님은 오늘도 열심히 외근을 하시느라 소개하지 못해 유감입니다. 뭐 거의 제 오른팔이라고 할 수 있는 분입니다. 제 옆에 계시는 차장님으로 말씀드릴 거 같으면, 중국 상하이대에서 비교역사학으로 박사학위를 받으셨습니다. 여러 대학의 교수로 콜을 받았지만 다 거절하시고 《역사와 논쟁》이라는 무크지에서 활동하시다가 사회운동을 위해 저와 손을 잡은 훌륭한 분입니다. 저보다 나이 어린 사람 중에서 제가 유일하게 존경하는 분입니다. 차장님, 한 말씀 하시지요.

—사장님이 저를 너무 과분하게 소개하신 것 같은데요. 호기심이 많다고 해야 할까, 여러 분야에 궁금증을 가지고 전전하다 보니…… 아, 죄송합니다. 전전했다고 하니까 좀 이상하게 들릴지 모르겠네요. 음…… 제 소개는 이 정도로 마치겠습니다.

나는 차장이 마음에 들었다. 사장처럼 유창하게 말을 잘하는 사람은 신뢰가 가지 않는다. 앞뒤 재지 않고 말을 하다가 실수를 하는 사람은 본인의 그런 단점이 괴롭겠지만, 오히려 나는 그런 사람들에게 더 애정이 간다.

—에, 내년 봄호가 저희 창간 10주년 호가 되겠네요. 하루에도 수십 개의 전문지가 창간되고 폐간되는 작금의 현실 속에서 10년을 생존해왔다는 것 자체가 대단한 저력이라고 봐야겠

지요. 저는 이미 권두언까지 작성해두었습니다. 두 분 다 젊으셔서 감각도 남다를 거라고 믿기 때문에 10주년 특집으로 어떤 주제를 다루면 좋을지 기획해오시면 좋을 것 같습니다. 채택된 기획안에 대해서는 취재부터 기사 작성까지 본인이 직접 할 수 있는 기회를 줄 것입니다. 당연히 서바이벌 게임에서 살아남는 데도 결정적인 영향을 미치겠죠. 자, 그럼 차장님과 출근 첫날을 보람차게 보내시길 바라며 이만.

사장이 2층으로 올라가자 차장은 엉겁결에 남겨진 그림자처럼 당황하더니 campus라고 적힌 노트를 나눠주었다. 노트 안에는 스크랩 기사가 여러 장 끼워져 있었다.

—저희는 총 전문지답게 만연체나 멋을 부린 문장은 쓰지 않습니다. 그래서 신문의 스트레이트 기사를 필사하는 겁니다. 열 개의 기사를 각 열 번씩 필사하는 것이니 토탈 백 번이네요. 퇴근 전에 사장님이 기사 재구성 테스트를 하실 겁니다. 필사한 기사를 조금 변형해서 육하원칙을 제시하면 거기에 맞춰 다시 기사를 작성하는 겁니다. 그리고 지하실에는 이월잡지들이 있으니 시간 날 때 내려가서 읽으면 특집을 기획하는 데 도움이 될 겁니다.

차장이 자신의 자리로 돌아갔다. 이번엔 진명유와 내가 그림자처럼 남겨졌다. 나는 될 수 있으면 그녀와 시선을 마주치지 않으려고 조용히 고개를 숙였다. 그녀는 신문 기사를 들여다보더니 벌떡 일어나 종종걸음을 치며 화장실로 달려갔다. 화장실은 책상으로부터 네다섯 걸음 떨어진 가까운 거리에 있었다.

초면인 사람들이 뒤통수를 지켜보고 있는 상황에서 화장실 문을 열고 들어가는 것은 큰 용기를 필요로 했다. 변기 물 내리는 소리가 들리더니 그녀는 조선시대 의궤를 관람한 것 같은 위엄 어린 표정을 지으며 나왔다. 그녀가 화장실에서 오줌을 누는 데 걸린 시간은 8분 38초였다. IS대원이 미군을 공개 처형한 기사를 필사하는 데 걸리는 시간보다 2분 8초 더 걸렸다.

계단 뒤 쪽문을 열자 지하실 특유의 냄새와 서늘한 공기가 훅 끼쳤다. 나는 어두운 계단을 내려갔다. 시멘트 계단이라 삐걱거리는 소리는 나지 않았지만 발소리마저 흡수해버리는 시멘트의 육중한 감촉도 기분 좋은 것은 아니었다. 계단을 다 내려가서 스위치를 켜려는데 쪽문이 철컥 닫혔다. 지하실은 완벽한 어둠에 갇혔다. 어둠 때문에 청각만이 작동되었고, 냉장고 모터 돌아가는 소리와 비슷한 소리가 들렸다. 나는 무서움을 잊기 위해 그 부드러운 소리가 물방울을 빨아들여 얼음으로 만들어지는 장면을 상상하며 스위치 비슷한 것이 만져지길 바랐지만 차가운 회벽의 감촉뿐이었다. 점점 초조해져서 계단 위로 뛰어올라갈까 결심할 즈음 손끝에 플라스틱 스위치가 만져졌다. 스위치를 올렸다.

그 장면을 잊을 수 없다. 빛 속에 드러난 건 지하 창고가 아니라 정성스럽게 빚어놓은 작고 아름다운 도서관이었다. 맞춤하게 책장을 짜고 거기에 총과 관련된 외국 잡지부터《건》창간호까지 종류별로 진열해놓았다. 쾌적한 공기 속에서 책이 숨을 쉴 수 있도록 대형 냉장고처럼 생긴 기계가 작동하고 있었다. 누군가의 애정이 없다면 불가능한 일이었다.

나는 백수 시절 매일 드나들던 도서관에 온 듯 콧노래를 흥얼거리며 창간호부터 차례대로 살펴보았다. 창간호 특집 주제는 '총의 역사'였다. 14세기 초 구리로 만든 통에 화약을 장전하여 철봉을 끼워 만든 화승총부터 16세기 중엽 휠록(바퀴식), 플린트록(부싯돌식) 발화장치가 발명되어 프랑스 기병이 처음으로 사용했던 총들, 그리고 한국에서 개발된 K시리즈까지 컬러 사진과 함께 상세한 설명이 실려 있었다.

2호부터는 특집의 성격이 완전히 달라졌다. 본격적으로 어떤 총이 어떤 전투에 유리하고 살상력이 어느 정도인지 총의 개별적 특성에 대해 다루었다. 그렇게 잡지들을 넘겨 보다가 어떤 사람의 흔적을 발견하지 않았다면 아무 일 없이 사무실로 올라왔을 것이다.

cafe.channel.com/trigertriger 가입할 것!

잡지 한 페이지에 볼펜으로 급하게 휘갈겨 쓴 글씨가 있었다. 트리거는 여기가 총 잡지 회사니까 그러려니 할 수 있었지만 호기심을 끄는 건 'channel.com'이었다. 지금은 사라져버린 그 포털 사이트는 동아리를 활성화시키자는 전략을 폈고 그 전략이 먹혀서 당시 학생이던 나도 그 사이트를 통해 반 모임을 가졌다. 지금까지도 그 사이트를 또렷이 기억하는 건 한 친구가 '샤넬 점 컴'이라고 읽어서 다들 웃었던 기억 때문이다.

누가 이 동호회에 가입하려고 했던 것일까. 잡지 뒤를 펼쳤다. 발행인에 사장의 이름이, 광고에 부장의 이름이, 그리고 편집에는 차장과 또 한 사람, 김수정이라는 이름이 있었다. 8호까지 김수정이 있었지만 9호부터 사라졌다. 계간지니까 딱 2년을 근무한 셈이다. 9호부터 지난 호까지는 차장 이름만 있었다. 진명유와 내가 입사하기 전까지 차장 혼자 책을 만들었다는 이야기가 된다.

—한옥인 씨, 거기 계세요?

지하실 문이 열리면서 차장이 나를 찾았다. 나는 후다닥 잡지를 책장에 꽂고 불을 껐다. 내가 급하게 나온 건 마음속 어떤 움직임이 이 공간을 잠시 유예하고 나중에 찬찬히 살펴보라고 시켰기 때문이다. 귀한 과자는 아꼈다가 나중에 먹는 것처럼.

—왜 그렇게 후다닥 뛰어나와요? 쥐라도 나왔어요?

—계단이 깜깜해서 무섭더라고요.

실제로 팔에 소름이 돋아 있었다.

—거기 스위치 있잖아요.

쪽문 바로 옆에 스위치가 있었다. 불을 켜고 내려갔다가 올라와서 끄는 시스템이었다. 어두운 계단에서 더듬거릴 필요가 없는 거였다.

—그런데 여기 김수정이라는 직원이 있었어요?

내 질문에 종일 무표정하던 차장의 얼굴이 섬뜩하게 변했다.

나는 도전 의식이나 호기심이 뛰어난 편이 절대 아니다. 그런 내가 낙서만으로 사이트를 추적해본 건 '채널'이라는 사라져버린 사이트에 대한 궁금증과 차장의 반응이 미심쩍어서였다. 만약 차장이 무심하게 '2년쯤 근무하다 그만둔 직원'이라고 했으면 어땠을까. 그냥 지나쳤을까.

집에 와 cafe.channel.com/trigertriger를 검색했다. 총에 대한 유사 자료들만 잔뜩 떴다. 당연하다. 반짝했다가 폭삭 망한 포털인데 자료가 남아 있을 리 없다. 그때 문득 아이디어가 떠올랐다. 반 모임 했을 때의 사이트를 찾아가보면 어떤 정보를 얻을 수 있을지 모른다. 그때는 메일이 중요한 소통 수단이었다. 나도 메일 계정에 그 사이트를 연동시켜놓고 로그인을 하곤 했다. 오래 방치된 카페들은 먼지를 뒤집어쓰고 있었다. 나는 조심스럽게 'channel'을 클릭했다.

해당 사이트는 존재하지 않는 사이트입니다.

그럼 그렇지. 온라인의 시간은 오프라인과는 분명 다른 속도로 흘러간다. 지난 10여 년은 거의 반백년의 시간이 흐른 셈으로 쳐야 한다. 나는 아쉬움이 아닌 안도의 한숨을 내쉬며 저녁 식사를 준비했다. 새우볶음밥을 만들어 먹으면서 TV를 보았다. 드라마에선 모든 등장인물들이 화를 내고 있었고, 뉴스에선 부모를 죽인 사건을 두고 유교적 가치관이 붕괴되었다고 평가했고, 주식의 빨강 파랑 화살표는 그 표식만으로 몇 조원이 움직인다는 게 믿어지지 않을 만큼 단조로웠고, 동물 다큐는 인간의 행동을 합리화하기 위해 악의적으로 편집된 것 같았다. 그나마 이해하기 쉽고 유용한 건 일기예보였다. 내일 비가 올 확률은 60퍼센트라고 했다. 우산을 챙겨야겠다고 생각하고 TV를 껐다.

침대에 누워 눈을 감았다. 지하 서재의 풍경이 어른거렸다. 나도 그런 서재를 하나 갖고 싶다고 생각한 순간 침대에서 벌떡 일어났다. 이미 없어진 포털 사이트를 찾을 게 아니라 현재 활발한 N과 D포털에서 찾아봐야 한다. IT버블이 꺼진 후 많은 카페들이 N과 D포털로 옮겼다. 다시 노트북을 켜고 샅샅이 검색해보았다. 역시나 없었다. 살짝 맥이 풀렸다. 마지막이라는 심정으로 블로그를 전문으로 하는 E포털로 들어갔다. 침을 삼키는 정도의 짧은 시간이 흐르고 카페 대문에 의미심장한 문구가 떴다.

총이 아름다운 건 본연의 아름다움 때문이 아니라 살상의 위엄 때문이다.

이 문장대로라면 내가 회사 벽에 걸린 빈티지 총을 아름답게 느낀 것도 단순히 총이 아름다워서가 아니라 사람을 살해하는 위엄 때문이라는 것이다.

우크라이나와 러시아의 전쟁, 3차대전은 어디서 일어날 것인가, 발칸반도에 튄 불똥, IS로 향하는 소년 소녀들, 일본 자위대의 심상찮은 움직임 등 주로 정치적인 문제를 다루는 카페였다. 어떤 내용인지 궁금해 클릭해봤지만 회원만 읽을 수 있는 게시물이라고 떴다. 포털 검색창에 제목을 입력했다. 대부분 내용 없음이거나 유사 키워드로 넘어갔지만 간혹 해당 글이 고스란히 뜨는 경우도 있었다. 검색에 충실하려는 인터넷의 함정이다.

김수정의 낙서가 있었던 시간으로 거슬러 올라가 '김수정'을 검색해보았다. 그런 이름은 없었다. 본명을 아이디로 쓰지는 않았을 것이다. 계속 클릭을 하던 중에 '까칠한 하이에나'가 쓴 '더러운 피'라는 제목의 글에 수십 개의 댓글이 달려 있는 것을 발견했다. 댓글 중에는 아이디가 '도일'인 사람이 아예 새로 제목을 붙여 '다문화 가족과의 이인삼각'이라는 글을 썼다. 그 댓글에도 엄청나게 많은 대댓글이 달려 있었다. 둘 사이에 뜨거운 설전이 벌어진 모양이다.

'더러운 피'를 포털사이트에 검색해보았지만 에이즈에 걸린 아빠의 이야기를 다룬 영화만 검색되었다. '다문화 가족과의 이인삼각'으로 검색해도 다문화 가족들이 체육대회에서 이인삼각 경기를 했던 사진과 기사들뿐이다. 스크롤을 조금 더 내리니 까칠한 하이에나가 '장미총의 명복을 빕니다'라는 글을 올렸다. 그 글에는 삼가 명복을 빈다는 댓글이 수십 개 달렸다. 김수정이 잡지 편집자란에서 사라진 시기와 비슷했다. 장미총에 대한 애도는 일주일 넘게 이어졌고 도일이 '추방의 변'이라는 글을 썼다. 장미총이 죽었고, 도일은 추방당했다.

김수정이 실제로 이곳에 가입해서 활동했는지는 알 수 없지만 뭔가 재미있는 카페인 것만은 확실했다. 총 관련 카페이니 특집 관련해서 자료를 얻을 수도 있을 것 같았다. 회원가입 신청을 했지만 비공개 카페라 가입이 불가능하다는 안내글이 떴다. 여기에 실린 글을 읽을 수도, 회원이 될 수도 없다. '건의 사생활'이라는 카테고리는 아예 접근 불가였다. 강하게 벽을 쌓으면 쌓을수록 이상하게 더 흥미가 생겼다. 영화 〈판의 미로〉에서 주인공 소녀가 지하 세계로 들어갈 때 기분이 이랬을까. 고민을 하다가 도일에게 쪽지를 썼다.

안녕하세요.
총에 관심이 있어서 검색하다가 우연히 트리거트리거라는 카페를 알게 되었습니다.
가입하려고 했지만 더 이상 회원을 받지 않더군요.
총에 대한 자료가 필요해서 그러는데 혹시 방법이 있을까요.
망설이다가 쪽지를 드립니다.
답장 기다리겠습니다. ^^

평소 모험심이 많은 것도 아닌 내가 왜 낯선 사람에게 쪽지를 보낸 것일까. 그것도 현재 그 카페에서 열심히 활동하고 있는 까칠한 하이에나가 아니라 이미 강퇴당한 도일에게. 돌이켜보면 설명하기 어렵다. 노트북을 끄고 멍하니 앉아 있었다. 에너지를 몽땅 쏟아버린 기분이다.

총을 좋아하는 이유

뜨거운 발악을 하는 먹자골목은 온갖 음식 냄새들로 들끓고 있었다. 차장이 순두부찌개 3인분을 시켰다. 차장은 점심시간마다 메뉴를 고르는 게 귀찮아 매일 순두부찌개를 먹는다고 했다. 우리도 차장을 따라 매일 순두부찌개를 먹었다.

—특집 기획을 하려는데 제가 총에 대해 아는 게 없어서요. 어떤 방향으로 잡으면 될까요?

내가 밑반찬으로 나온 콩나물을 집어먹고 있을 때 진명유가 물었다.

—사람들이 총을 좋아하는 이유가 무엇이라고 생각하세요?

—유전자에 새겨진 폭력성 때문 아닐까요?

—동의합니다. 원시시대부터 사냥을 해온 인간의 DNA에는 폭력의 본능이 잠재해 있습니다. 현대에는 직접 사냥을 하지 않지만, 경쟁적인 사회 분위기 속에서는 힘 있는 상대의 위협으로부터 자유로울 수 없죠. 자신을 보호해줄 수 있는 위안의 수단으로 총을 소유하길 갈망한다고 보는 견해가 있습니다.

—무의식적인 게 많이 좌우한다고 보는 건가요?

—무의식이라……. 저는 무의식이라는 말보다는 본능이라는 말을 더 좋아합니다. 동물이 발톱을 세워 공격하는 것과 똑같은 거죠. 인간은 발톱 대신 총이라는 도구를 사용하는 게 다를 뿐이고요. 인간은 이렇게 직립 보행을 하기 시작한 순간부터 끊임없이 싸움을 벌여왔죠.

—그런 걸 두고 홉스가 만인의 만인에 대한 싸움이라고 했죠.

—그럼에도 인간들이 총을 가지고 전쟁을 한 게 고작 500년밖에 안 된다는 게 믿어지나요? 오랜 세월동안 인간은 아주 원시적인 방법으로 싸워온 겁니다. 최근까지도 총을 사용하지 않고 조직적으로 사람을 학살하는 경우가 많습니다. 최빈국의 대량 학살에는 칼이 사용되죠. 대부분 내전이기 때문에 많은 국민들이 희생당해요. 국제전쟁보다 열 배는 오래가고, 험악하며 잔인합니다.

순두부찌개를 먹으면서 나눌 만한 대화 주제는 아니었다. 사장의 그림자처럼 말을 더듬거리며 자신을 소개하던 차장은 어느새 사라지고 열정적인 모습이었다. 흥분한 것처럼 보이기도 했다.

—진명유 씨는 다들 가려고 기를 쓰는 대학병원을 그만두고 여기에 온 이유가 있으세요? 저희 잡지사 입장에서는 영광이지만요.

—병원하고 좀 안 맞았어요. 더 늦기 전에 원하는 일을 하고 싶었고요.

—차장님도 좋은 직장 대신 여기 오신 거잖아요. 이유가 있으세요?

나는 화제를 차장에게 돌렸다.

—제가 중학생 때 총에 좀 미쳤었어요. 나이를 먹고 보니 지금은 부모님 마음을 이해하겠더라고요. 사춘기에 접어들어 수염도 거뭇거뭇하게 난 놈이 돈만 생기면 총을 사 모으는데 걱정 안 할 부모가 있겠어요? 부모님한텐 모조품인지 진품인지가 중요한 게 아니죠. 총이 갖는 상징성이 끔찍한 거죠. 마치 당장 총을 들고 길거리로 뛰쳐나가 무차별 난사라도 할 것처럼 총을 두 동강 내고 벽에 내동댕이쳤어요. 부모님의 그런 과잉 행동이 오히려 저를 은밀하게 행동하도록 만들었어요. 다른 애들은 패싸움도 하고 친구들을 왕따시키는데도 사내답다고 부추기면서 취미로 총을 모은다는 것만으로 정신병자 취급을 받는 게 견딜 수 없었어요. 그때부터 부모님 몰래 사 모으기 시작했죠. 문제집을 책장 앞에 배열하고 남은 뒤쪽 공간이 격납고였어요.

그만두게 된 계기는 학교에서 밀리터리 오타쿠로 소문이 나면서부터예요. 학교 축제 때 소품으로 모조 총 몇 개를 가져갔는데 저를 밀덕이라고 부르면서 벌레 취급했어요. 정신이 번쩍 들더라고요. 그때부터 모든 것을 은폐했고 평범한 전공을 선택해서 유학을 갔어요. 평범한 사람이라는 걸 증명할 필요가 있었죠. 지금 생각해보면 왜 그렇게 총이 좋았는지 잘 모르겠지만 그때 좋아했던 감정만큼은 생생해요. 그런 거 있잖아요. 첫사랑을 떠올리면 왜 좋아했는지 모르겠는데 그냥 좋았던 감정만은 생생한 거요.

─그럼 다시 첫사랑으로 돌아온 건가요?

─그런 셈이네요. 초등학생 때부터 코를 킁킁거리는 틱 장애가 있었는데 그 습관만으로도 저는 인류에서 가장 별 볼 일 없는 인간 취급을 받았어요. 체구도 작은 편이다 보니 친구들이 저를 킁킁이나 여자애라고 놀렸어요. 마음 깊이 세지고 싶은, 힘에 대한 갈망이 있었던 거 같아요.

차장이 더 이상 자신의 신상을 대화 주제로 삼기 싫은 듯 말을 맺었다. 그러자 다시 힘없고 무기력한 모습으로 돌아갔다.

진명유와 차장 모두 대단한 직장을 그만두고 이 회사에 다니고 있다. 의사보다 실질적으로 공부할 게 많다는 간호학과를 우수하게 졸업하고 대학병원에서 3년 동안 혹독한 직장 생활을 한 그녀에게 신문 기사를 필사하고 재구성하는 일은 아무것도 아닐 것이다. 이들이 오마카세나 레스토랑 풀코스 대신 순두부찌개를 먹는 것도 서민 체험을 하기 위해서인지 모른다. 둘 다 순두부찌개에 들어 있는 조개를 안 먹고 꺼내놓는 것을 보니 더욱 그런 생각이 들었다. 나는 조갯살을 파먹는 맛에 순두부찌개를 먹는 편이지만 그들을 흉내 내서 조개를 밥뚜껑에 꺼내놓았다. 그러다 진명유의 젓가락질에 시선이 박혔다. 그녀의 젓가락질은 어린애와 비슷했다. 오이무침을 집어 입으로 옮기는 동안 떨어뜨리지는 않을까 불안할 정도였다. 내 젓가락질 자세는 완벽하다. '수저질의 교본'이라는 게 있다면 거기에 실릴 만한 자세이다. 이렇게 된 건 엄마의 교육관 덕분이다. 엄마는 밥상

머리에서 올바르게 젓가락질을 하는 법, 소리 내지 않고 국물을 떠먹는 법들을 엄격하게 훈육했다.

나는 유복자로 태어났다. 아버지에 대해서는 잘 알지 못한다. 아버지는 할아버지 대에서 시작한 송사에 휘말려 일찍 돌아가셨다는 말만 들었다. 나는 시장에서 영세한 정육점을 하는 엄마를 도와 초등학교에 입학하자마자 돼지 등뼈나 내장 따위의 부속품을 감자탕집이나 포장마차로 배달하는 심부름을 했다.

초등학교 3학년 첫 급식에 어른 젓가락을 싸 온 애는 나밖에 없었다. 대부분의 아이들은 포크 겸용 숟가락을 가져왔다. 엄마는 그런 것을 챙겨줄 만큼 세심한 위인이 못됐다. 작은 엄지와 검지 사이로 길게 삐져나온 젓가락은 신장개업을 하는 가게 앞에서 풍선을 불어주는 키다리 피에로 같았다. 우리가 그 키다리 아저씨를 우러러보는 것은 존경해서가 아니라 웃겨서이다. 아이들의 웃음거리가 될까 부끄러웠다. 집단에 소속될 수 없을까 두려웠다.

텅 빈 집에서 반찬이 없어 맨밥에 고추장만 넣고 비벼먹은 일이나, 숙제를 하다가 설핏 잠이 들었다 깨면 바깥은 이미 깜깜해져 아이들도 이미 자신의 집으로 돌아가버렸을 때의 허탈감 같은 것을 나는 또렷이 기억하고 있다. 대학생이 된 뒤 이런저런 부끄러움에서 벗어났다고 생각했는데 그녀의 서투른 젓가락질에서조차 열등감을 느끼다니. 앞으로 세 달 동안 보이지 않을 사투를 생각하니 지겨워지는 기분이었다. 그냥 확, 그만둬버릴까.

4분 남은 둠즈데이

　도일로부터는 답장이 없었다. 쪽지로 보냈기 때문에 수신이
됐는지조차 확인할 수 없었다. 나는 뭔가 중요한 일을 기다리고
있다는 조바심에 가끔 저녁식사를 걸렀다. 그래도 배고픈 것을
못 느꼈다. 잠을 자려고 누우면 얇은 이불과 나 사이의 허공만
큼 이유를 알 수 없는 불안감에 시달렸다. 회사에서는 매일 신
문 기사를 백 번씩 필사했다. 누군가는 죽고, 누군가는 불을 지
르고, 누군가는 한강에 수장되었다. 세계는 끔찍한 살상의 전시
장처럼 매일 끔찍한 일들이 일어났다. 나는 내 집 거실에 앉아
창문을 통해 만발한 꽃밭을 감상하듯 사건 사고를 필사하며 사
는 일상에 안도했다. 내가 현재 안전한 세상에 살고 있다는 반
증이었다. 손에 피를 묻힐 일도, 법원에 들락거릴 일도 없다. 직
원들의 오줌발 소리로 그들의 건강을 유추하며 하루를 보내면
되는 것이다.
　오늘 필사한 기사 중에 이란이 미 행정부의 무역 보복에 대
응해 호르무즈 해협을 봉쇄하기로 결정했다는 내용이 있었다.

이에 대해 미 행정부는 팔레스타인 구역에 경제 제재 조치를 강행하겠으며 시리아 정부군이 사린 독가스를 사용해서 수백 명의 사상자를 낸 것에 대해서도 좌시하지 않겠다고 발표했다. 퇴근 무렵, 기사 재구성 테스트를 하던 사장이 독특한 코멘트를 냈다.

　—사린 같은 독가스는 손가락으로 방아쇠를 당기는 정도의 수고 없이도 수천 명의 사람을 순식간에 죽일 수 있습니다. 이건 전쟁에 대한 모독입니다. 미국 정부가 발끈해서 제재에 나선 것도 자신들을 모독했기 때문이죠.

　팔레스타인과 우크라이나에 떠도는 긴장으로 둠즈데이는 분침을 1분 앞으로 옮겼다. 둠즈데이까지는 4분밖에 남지 않았다. 그리고 나는 이 기묘한 회사에서 필사를 하고 있다.

***

　퇴근 후 도서관으로 향했다. 특집 기획안을 발표할 날이 바짝 다가왔는데 아직 주제도 못 정했다. 진명유는 중무장을 하고 나타나서 나에게 기관총을 난사할 것이다.

　도서관으로 들어가니 고향에 온 것처럼 마음이 안정되었다. 어깨에 힘을 주고 어슬렁어슬렁 걸어다녔다. 당당한 직장인이라는 것을 외양만 보고도 척 알아채서 홍해처럼 갈라져 길을 비켜줄 줄 알았는데 별로 그런 것 같지 않았다. 사람들은 의외로 타인에게 관심이 없다는 말을 실감했다.

도서관에 올 때마다 백수의 불안정한 심리를 달래기 위해 시집을 대출하던 습관대로 보들레르 시집을 빌렸다. 그런 다음 국방 코너로 갔다. 《전쟁과 과학, 그 야합의 역사》《밀리터리 실패 열전》《도해 근접무기》《소화기》 같은 책들을 살펴보았다. 《도해 근접무기》는 제목만으로는 무슨 책인지 알 수 없어서 펼쳐봤더니 칼에 대한 사진집이었다. 일본 책을 직역하다 보니 이런 어려운 제목이 붙은 것 같았다. 칼이라면 집에서 쓰는 식칼과 빵칼 정도만 알고 있었는데 종류가 많았다. 인상적인 칼집과 칼 사진 몇 장을 컬러로 복사했다. 《소화기》라는 책은 불을 끄는 消火器가 아니라 小火器였다. 무게가 가벼운 총 사진이 동물의 해부학 사진처럼 실려 있었다. 《전쟁과 과학, 그 야합의 역사》의 머리말에는 이런 내용이 쓰여 있었다. 현대에서 가장 파괴적인 힘은 탱크도 아니고 탄도미사일도 아니다. 끊임없이 새로운 살상무기를 개발하는 인간의 머리다. 용맹이 세상을 지배하던 시대는 이제 끝났다. 살상무기가 발달하면서 헤라클레스 같은 용맹이나 힘은 아무짝에도 쓸모가 없어졌다는 말이다.

　소화기의 여러 사진 중에서도 나를 사로잡은 것은 'M99'였다. 저격용이다. 직선으로 곧게 뻗은 총열은 날렵하고 샤프해 보였다. 장거리 목표물을 명중시키기 위해 망원경이 장착되어 있었다. 망원경은 탈부착이 가능해 편이성을 높였다고 했는데 프라이팬의 손잡이를 탈부착하는 편리함인지, 코트의 모자를 탈부착하는 편리함인지 짐작할 수 없었다. 마음에 드는 건 기능이 아니라 디자인이다. 망원경과 총열은 메탈색 그대로, 나머지는 카키색인 투톤이다. 유명한 디자이너가 만든 투피스처럼 조화가 아름답다.

지령을 받는다. 도심 한가운데 있는 특급 호텔 옥상에 도착한다. M99의 망원경을 장착시킨다. 렌즈를 들여다보며 목표물을 조준한다. 나는 분명 좋은 사람이다. 내가 죽이려는 상대는 인류에 해악을 끼치는 존재이다. 목표물이 간교한 미소를 지으며 이동한다. 내 조준판도 움직인다. 고정된 엄지와 달리 부드럽게 각도를 조절한 검지가 방아쇠에 닿자 숨을 멈춘다. 적절한 타이밍을 가늠한다. 한 사내가 타깃에게 다가와 귓엣말을 나눈다. 나는 방아쇠를 당기려다 동작을 멈춘다. 동작의 정지는 행동보다 더 많은 에너지를 요구한다. 사내가 상대의 귀에서 입을 떼더니 어깨를 툭 치고 돌아선다. 트리거를 당긴다. 탕!

역사의 폭력, 폭력의 역사

　—저는 총의 역사를 특집으로 다루면 어떨까 생각했는데요. 창간호 특집에서 이미 다뤘더군요.

　진명유가 프레젠테이션을 시작하자 사장의 얼굴에 활기가 돌았다.

　—에, 맞습니다. 현대적 관점에서 총의 역사를 조명했기 때문에 아주 반응이 좋았지요. 생소했던 저희 잡지가 마니아층을 확보했던 것도 목말라했던 정보를 담는 그릇 역할을 제대로 했기 때문이었다고 봅니다.

　—그래서 저는 이번 특집에서 총의 역사에 전쟁의 역사를 얹어 살펴보면 어떨까 싶었습니다. 세계적으로 악명을 떨쳤던 전쟁들과 화기의 발달이 깊은 연관이 있더라고요. 예를 들면, 그리스 과학자들이 엔진이라고 불리는 병기들을 발명했는데요. 밧줄을 꼬아 토션의 힘으로 자몽만 한 돌을 적의 성벽으로 날려 보내는 방식이었습니다. 오늘날 네이팜탄의 시초라고 하더군요. 이런 식으로 단순히 총의 역사에서 놓치기 쉬운 다양한

역사적 시각들을 살펴보면 어떨까 싶었습니다.

―총의 역사에 전쟁의 역사를 얹는다……. 정기 구독자 중에 청소년들이 제법 있는데 역사 공부와 상식을 제공할 수 있는 일거양득의 기회가 되겠군요. 그렇지만 지금 예로 든 네이팜탄은 총과는 그다지 연관이 없어 보이는데요.

―협의의 총에서 벗어나 전쟁의 역사 속 무기와 화기를 포괄적으로 다뤄보자는 취지였습니다. 전쟁은 지금도 세계 곳곳에서 발발하고 있는 현재 진행형이잖아요. 메소포타미아의 아카드 왕국이 최초로 통일을 이룬 것도 이륜전차를 발명했기 때문이다, 뭐 이런 식으로 고대부터 시작해 2차 세계대전을 끝장내게 한 나가사키의 원자폭탄까지 폭넓게 다루면 흥미로울 거 같습니다.

진명유가 자신만만하게 프레젠테이션을 마쳤을 때 나는 하마터면 박수를 칠 뻔했다. 그녀의 기획은 훌륭했다. 역사에 문외한인 나조차 흥미가 생겼다. 그러나 사장은 웃음조차 적당량을 조절하며 말했다.

―좋은 의견이긴 합니다만 저희 잡지를 구독하는 청소년들은 나가사키를 하얀 짬뽕 라면 정도로 아는 애들이 태반일 겁니다. 너무 학문적으로 접근하는 것은 저희 잡지가 추구하는 방향이 아닙니다. 이제 옥인 씨가 준비한 걸 들어볼까요?

모두의 시선이 나에게 쏠렸다. 나는 《도해 근접무기》에서 컬러로 복사해 온 중세시대의 칼 사진을 보여주었다.

―이 칼집은 오스만튀르크 왕족의 것인데요. 상감 기법으로

장인이 직접 수작업해서 만든 것입니다. 칼이나 총이 소모품으로 다뤄지기 전, 예술품에 가까운 미적인 부분을 염두에 두고 제작된 것입니다. 모순된 말이지만 이유 없는 살상을 피하기 위해 예의를 갖췄다고 할까요. 오늘날에는 칼도, 총도 그런 예의를 모두 망각하고 있지만요. 그래서 저는 총과 칼의 진검승부를 가려보는 것도 나름 의미가 있을 거라고 생각했습니다.

─흠, 두 분이 애써 특집 준비를 해오셨는데 저희 잡지가 원하는 포인트와는 거리가 있군요. 저희 잡지는 '역사의 폭력'이 아니라 '폭력의 역사'를 다루고 있습니다. 얼핏 비슷해 보이지만 다릅니다. 관점이 다르면 주제도 달라지죠. 우리 회사는 반환점에 서 있습니다. 뭔가 새로운 도약을 하지 않으면 지금까지 달려온 게 무의미해지는 반환점인 것입니다. 어쨌든 기획을 준비하면서 두 분 모두 우리 회사에 대해 좀 더 깊이 연구하는 계기가 되었으리라 확신합니다. 애쓰셨습니다.

사장이 무거운 몸을 이끌고 느릿느릿 2층으로 올라갔다. 사장이 입고 있는 여름용 리넨 재킷이 많이 구겨져 있어 피곤해 보였다.

─10주년 특집인데 임팩트가 약하네요. 다시 기획안을 준비하셔야겠습니다.

사장이 아무런 언질도 주지 않고 올라갔지만 차장은 우리의 기획안이 폐기되었음을 밝혔다. 둘은 은밀하게 주고받는 텔레파시 같은 것이 있는 걸까. 오늘 밤부터 새로운 기획을 짜낼 생각을 하니 머리가 지끈거렸다. 하지만 진명유의 기획안도 거절당했기 때문에 절반의 승리에 만족하기로 했다.

***

점심시간에 순두부찌개를 먹고 와서 식곤증과 싸우며 오전에 못 마친 필사를 다시 시작했다. 기관총을 품에 안고 활짝 웃고 있는 소년의 사진이 곁들여진 기사였다. 시에라리온의 다이아몬드를 둘러싼 내전으로 부모가 죽자 복수를 위해 반군에 뛰어든 소년이었다. 얼굴을 향해 있는 총부리에서 총알이 연발로 발사될 거 같은데도 보물을 품고 있는 양 행복해 보였다.

나는 필사를 하다 말고 식곤증을 떨칠 겸 소년의 사진을 모사하기 시작했다. 소년의 상체와 웃고 있는 얼굴에 바짝 붙어 있는 총부리를 크로키로 그렸다. 진명유가 내 그림을 들여다보더니 감탄하며 왜 미대를 안 갔느냐고 물었다. 제 미술적 감각을 도시 설계를 하면서 풀어놓고 싶었어요,라고 말끝을 흐렸지만 실은 뻔한 형편에 엄마한테 미대 뒷바라지를 해달라고 할 수 없었다. 그래서 택한 게 모사였다.

처음에는 르누아르나 모네처럼 빛이 인생에 최고의 기회를 던져준 화가들의 것을 겁도 없이 모사하다 나중에는 빛을 증오하기에 이르렀다. 그러다 도서관에서 퓰리처상 수상 사진집을 발견했다. 현란한 빛이나 과도한 붓 터치가 아닌 리얼함에 빠져들었다. 사진집이 모사하기 좋은 이유는 풍경이 없기 때문이다. 주요 대상물을 강조하기 위해 건물이나 나무 같은 배경을 흐리

게 뭉개버려 원경으로 밀려나 있다. 나처럼 그림에 소질이 없는 사람도 쉽게 모사할 수 있는 이유이다.

죽음의 그림자로 얼룩진 사진을 아무 생각 없이 모사하다 보면 내가 유복자라거나 엄마가 정육점을 해서 생긴 부끄러움 같은 건 과도하게 분비된 호르몬으로 인한 자기연민 때문임을 깨닫게 해주었다. 정지된 빛 속에 고여 있는 어두운 인물들은 나를 위로했다. 천재가 치달아 쏟아낸 예술적 산물이 아니라는 점 또한 나처럼 열등감으로 똘똘 뭉친 사람에겐 제격이었다. 울지 않고 참을 때 슬픔이 더욱 강렬해진다는 것은 덤으로 얻은 깨달음이었다.

돌이켜보면 내 삶 자체가 모방생이었던 것 같다. 나는 항상 누군가를 부러워했다. 타인들의 삶은 모두 옳았다. 그들은 교훈적인 삶을 살았으며 태도에는 자기 확신이 있었다. 그런 그들의 삶이 부러워서 모방할수록 나는 텅 비어갔고, 텅 빌수록 집요하게 다시 모방하는 악순환이었다. 내 속을 채워가는 타인의 일부분은 나를 점점 더 가볍게 만들었고 가벼워지는 게 두려워 모방에 집착했다.

***

퇴근한 뒤 시에라리온 소년의 모사 그림을 책상 위에 압정으로 꽂아놓았다. 기획안을 다시 준비하기 위해 노트북을 켰다. 사장이 말한 '폭력의 역사'를 검색했다. 그와 동일한 제목의 영화가 있었다. 나중에 보려고 800원을 내고 다운로드했다. 책도 있었다. 1937년 독일의 인류학자가 쓴 책이다. '워피크'를 예로 들어 폭력이 어떻게 변천했는지 기술해놓았다. 1937년이라면 2차 세계대전이 일어나기 불과 2년 전이다. 곡괭이나 호미 같은 농기구였던 워피크를 스키타이족은 전쟁도구로 사용했다. 현대에 와서는 워피크가 다시 등산용 피켈이나 장도리의 노루발처럼 일상생활로 복귀했다. 일상에서 전쟁무기로, 전쟁무기에서 다시 일상용품으로 되돌아오는 폭력의 순환에 대해 언급했다. 폭력의 역사를 드러내주는 내용이다.

트리거트리거처럼 비밀 카페가 더 있는지 찾아보았다. '총사모'와 '비비사랑'이라는 카페가 회원 수도 많고 사람들이 활발히 활동하는 곳이어서 회원가입을 해서 들어가봤지만 공동구매나 애프터서비스에 대한 정보가 대부분이었다. 바비인형이나 프라모델 카페와 다를 게 없었다.

잠자리에 누워 도서관에서 빌려온 보들레르의 시집을 읽었다. '간헐적'이라는 시구 아래 누군가 밑줄을 긋고 '얼마 동안의 시간 간격을 두고 되풀이되며 일어나는 일'이라고 주석을 달아놓았다.

나에게도 간헐적으로 생각나는 사람이 있다. 처음이자 마지막으로 사랑했던 사람. 헤어진 지 3년이 지났다. 3년이라면 누군가를 새로 사귈 시간은 충분히 지났는데 아직 누군가를 만날 마음이 없다. 간헐적으로 그 사람을 그리워하고 있다. 눈을 감고 그때의 시간들을 떠올렸다. 조향사들이 좋은 향기를 채취하기 위해 전국을 돌아다니듯 이곳저곳 여행 다녔다. 기차역이나 고속터미널에서 그를 기다리다가 그가 저 멀리서 걸어오면 짧은 몇 초의 시간을 아끼기 위해 나 또한 마중 나가 그의 손을 잡았다. 시골 작은 마을의 민박집에 누워 양철지붕에 떨어지는 빗소리를 들으며 정오가 훨씬 지난 시간까지 껴안고 누워 있던 시간들이 떠오른다. 하지만 지금 그의 흔적을 그리워하며 눈을 감아보아도 나에겐 아무것도 남아 있지 않다.

마티스의 〈이카루스〉와 〈춤〉

이런 메일을 받게 되다니 정말 뜻밖입니다.

제가 주제넘게 트리거트리거에 대해 말할 자격이 있는지 모르겠지만 한때 열정을 가지고 몸담았던 곳이고 중대한 이유로 그만두었기 때문에 고민 끝에 답장을 쓰기로 마음먹었습니다.

총이 좋아서, 총에 대한 정보를 얻으려고 가입했죠.

그때도 까다로운 절차를 거쳐 승인해주었는데 지금은 아예 새로운 멤버를 받지 않는 걸로 알고 있습니다.

그곳의 체제에 불만을 품은 세력들이 자신들의 모임을 위협한다고 여긴 듯싶습니다.

그렇게 된 데 저도 한몫했겠죠.

제가 말씀드릴 수 있는 것은 그곳은 위험하다는 것입니다.

제가 해드릴 수 있는 말은 이 말밖에 없는 거 같습니다.

총에 대한 정보를 원하신다면 제가 가지고 있는 자료를 드리겠습니다.

저는 소박한 와인바를 운영하고 있습니다.

친구와 함께 놀러오세요. 그럼……

***

정사각형의 하얀 간판엔 검은 글씨로 심플하게 '마티스 BAR B1'이라고 쓰여 있었다. 지하로 내려가는 계단마다 동글동글한 하얀 꽃 화분이 놓여 있었다. 생채기 하나 없이 조화처럼 싱싱해 잎을 만져보니 보드라운 감촉의 생화였다. 가게 문을 열고 들어갔다. 어두운 조명에 부드러운 음악이 꽉 차게 흐르고 있었다. 소박한 와인바라고 하기에는 지나치게 정중해 보이는 분위기였다.

스탠딩 좌석에는 두 남자가 온더록을 마시고 있었고 구석 테이블에는 남녀가 와인을 마시고 있었다. 짙은 감청색과 자주색 소파를 여유 있게 배치해 좁은 것 치고는 답답해 보이지 않았고 낮은 조도임에도 각 테이블마다 부분 조명을 설치해서 음침해 보이지 않았다. 재즈풍의 음악은 거슬리지 않도록 볼륨을 조절해 안락한 분위기였다. 양쪽 벽에는 마티스의 〈이카루스〉와 〈춤〉 액자가 걸려 있었다. 서로 마주보고 인사하는 것 같았다. 벽에 걸릴 액자라면 이런 그림이어야 한다, 총 액자가 아니라. 카운터 옆에는 와인 랙이 세워져 있었다. 장식장이라면 이런 것이어야 한다, 총 장식장이 아니라.

내가 두리번거리고 있는데 흰 셔츠에 블랙진을 입은 남자가 다가왔다.

—어서 오세요. 몇 분이 오셨나요?

—혹시…… 도일 씨 되시나요? 한옥인입니다.

—아, 네. 맞습니다. 반갑습니다.

—불쑥 찾아와서 실례가 아닌지 모르겠어요.

—아닙니다. 이쪽으로 오세요.

도일이 〈춤〉 아래로 자리를 안내했다.

—차를 드릴까요, 와인을 드릴까요?

—와인바에 왔으니까 와인을 마셔볼까요?

—잠깐 기다리세요.

혼자 운영하는 듯 도일이 카운터 테이블을 돌아 뒤쪽 주방으로 들어갔다. 이 정도의 쾌적함을 유지하려면 얼마나 많은 공을 들여야 하는 걸까. 들어온 지 얼마 되지 않아 이상하게 마음이 편해졌다. 무엇이 작용해서 심리를 이완시키는지 알 수 없지만 따뜻한 물이 찰랑이는 욕조에 몸을 푹 담그고 있는 느낌이었다.

도일이 와인 두 잔과 치즈 카나페를 들고 왔다.

—분위기가 너무 좋아요. 잘 맞춘 옷을 입은 것처럼 편안해요.

따뜻한 물이 찰랑이는 욕조에 누워 있는 것 같다고 말할 수는 없었다.

—세가 좀 저렴한 데를 찾아 외진 곳으로 밀려왔는데 단골들이 꾸준히 찾아줘서 그럭저럭 유지하고 있어요. 와인 드셔보세요. 바디가 풍부하고 약간의 산미가 있어서 괜찮을 거예요. '바람이 태어난 곳'이라는 이름을 가진 아르헨티나 북부 와이너

리에서 생산한 것이죠. 프랑스산은 이름값이 만만치 않아 가성비 좋은 다른 나라 와인을 열심히 발굴하고 있습니다.

—좋네요.

사실 나는 와인 맛을 잘 모르지만 그렇게 말할 수는 없었다.

—그림이 여기 분위기하고 잘 어울려요. 마티스의 〈이카루스〉와 〈춤〉이네요.

—그림 잘 아시나봐요.

—어렸을 때 화가가 되고 싶었거든요. 마티스를 좋아하시나봐요. 가게 이름도 마티스고요.

—저는 그림 잘 몰라요. 가게 이름을 뭘로 할까 아직 안 정한 상태에서 인테리어 사장님이 걸어놓은 이 그림들이 마음에 들어 가게 이름을 정했어요.

—인테리어 사장님이 그림에 안목이 있었나보네요.

—그분이 말씀하시길, 어떤 업종이냐에 따라 장식하는 그림이 달라진대요. 와인바나 카페는 이런 모던한 화가의 그림이 어울리고 호프집에는 렘브란트를 건대요. 이유가 뭐일 거 같으세요?

—글쎄요. 렘브란트 그림이 술맛을 돋구나요?

—그림 값이 싸서래요. 어차피 호프집은 하루도 안 지나 연예인 브로마이드로 바뀌니까 비싼 그림을 걸 필요가 없는 거죠.

우리는 가볍게 웃었다. 짧은 대화였지만 이곳에 온 이유를 잊을 정도로 편안한 마음이 들었다. 잠깐 대화의 틈이 생긴 지금 그를 찾아온 이유를 말해야 한다. 이 타이밍을 놓치면 엉뚱하게 와인 이야기나 하다가 돌아갈지도 모른다.

—트리거트리거는 어떻게 가입하게 된 거예요?

—제가 묻고 싶은 질문이에요. 그곳을 어떻게 알게 되신 건가요? 영어 동호회나 여행 동호회처럼 어쩌다 보니 찾아질 수 있는 곳이 아닌데. 사실 그게 궁금해서 메일에 답을 보낸 겁니다.

나는 회사 이야기를 할까 말까 고민했다. 잡지에 휘갈겨진 낙서만으로 이곳에 도일이라는 낯선 사람과 앉아 있다. 있는 대로 말했다가는 더 이상하게 여길 수 있다.

—제 조카가 중학생인데 모조 총기를 수집하다 밀덕이라고 왕따를 당한 모양이에요. 언니가 울면서 전화를 해서 정보를 찾다 보니 거기에 닿았어요.

차장의 경험을 살짝 훔쳤다. 효과는 좋았다. 도일이 빗장을 푸는 게 느껴졌다.

—그 카페에도 중고딩들이 몇 명 있었어요. 오히려 그 친구들이 더 적극적이고 생각도 과격한 거 같아요. 저는 군대에서 총검술을 하면서 관심을 가지게 되었는데 제대 후 총기를 구입하면서 좀 마니아스러워졌죠.

—총을 구입한다고요?

—아, 이거 불법인데, 이상하게 옥인 씨한테는 털어놓게 되네요. 어디 가서 발설하시면 안 됩니다. 저 쇠고랑 찰 수도 있어요.

도일이 왜 초면인 나에게 그런 비밀을 털어놓는지 알 수 없었지만 내가 그에게서 편함을 느끼듯 그도 내가 편하다니 기분이 좋았다.

—그 카페는 좀 광기 있는 사람들의 모임 같았어요. 자신들이 대단한 애국자인 양 떠들어대지만 사실 그들이 숭배하는 건 힘이에요. 총은 힘을 상징하는 것이고요. 조로아스터교 신도들이 불을 숭배하듯 그들은 총을 숭배하는 거죠. 힘이 없는 사회적 약자들을 국가의 힘을 갉아먹는 존재로 여겨 도태시켜야 한다고 주장하고요. 그런 것들에 제가 사사건건 토를 다니까 미운털이 박혀 강퇴당했죠.

우리가 말하는 사이 손님이 더 들어왔다. 우리는 와인을 몇 잔 더 마시며 다양한 화제로 변주해 이야기를 나누었다. 음악은 듣기 편한 곡으로 끊임없이 바뀌었지만 톤이 같은 사람이 다른 이야기를 들려주는 것처럼 서로 다른 곡인지 깨닫지 못할 정도로 귓가를 편안하게 흘러갔다. 이제 일어날 시간이었다. 도일에게 잘 마셨다고 인사를 하고 가게를 나왔다.

지하철 칸은 너무 냉방이 잘돼서 출렁이는 것처럼 느껴졌다. 차가운 물속에서 흐늘거리는 수초처럼 졸다가 내려야 할 역을 놓치기 직전에 허둥지둥 내렸다. 지하철에서 한숨 잤더니 술이 말짱히 깼다. 익숙한 동네에 들어서자 마음이 차분하게 가라앉았다. 익숙함이 주는 안정감인지 안정감이 주는 익숙함인지 모르겠다. 마을버스는 꽤 오랫동안 오지 않았다. 내가 이곳에서 버스를 기다리는 시간 동안 어떤 연구에 몰두했다면 인류의 역사에 한 획을 긋는 뭔가를 만들어냈을 것이다.

저만치 마을버스가 오는 것을 보고 고개를 쭉 뺐는데 살짝 비껴 있는 골목 안쪽에 하얀 꽃이 무더기로 피어 있었다. 조금 전 와인바 계단에서 생생하게 피어 있던 동그란 흰 꽃과 같은 꽃이었다. 꽤 오랫동안 이 자리에서 버스를 기다렸지만 그곳에 화원이 있는 것은 처음 알았다. 익숙하다는 것은 또한 많은 것을 놓치게 하기도 한다. 버스가 바로 내 앞에서 멈췄지만 나는 매몰차게 돌아섰다. 버스는 보복이라도 하듯 매연을 쏟아내고 떠났다.

골목 안 화원의 꽃들은 세계가 꽤 소박하다는 것을 환기시켜주고 있었다. 긴장감과 스트레스로 힘겨운 날을 보내고 있는 나를 위해 꽃을 선물하고 싶었다.

—아저씨, 이 꽃 이름이 뭐예요?

—퐁퐁이요.

—주방세제 퐁퐁이요?

—여자들은 길고 요상한 화장품 이름은 잘도 외우더만 이 흔해 빠진 퐁퐁이라는 꽃 이름도 몰라요?

배양토를 섞던 주인아저씨의 눈빛과 말투가 공격적이었다. 소박한 아름다움에 한껏 긴장을 늦추고 있다가 다시금 세계에 만연해 있는 폭력성을 일깨워주는 주인에게 화가 나서 가게를 나갈까 하다가 이상하게 오기가 생겼다. 얼마냐고 묻자 5천 원이라고 했다. 흐물흐물한 비닐 주머니에 들어 있는 게 5천 원씩이나 하다니. 그렇다고 가격까지 물어놓고 안 사면 화장품은 몇십만 원짜리도 척척 사면서 커피 한 잔 값보다 싼 걸 안 사냐고 할까봐 할 수 없이 하나를 집었다.

—잘 키우라고. 그 꽃은 보기엔 여리여리해도 물 잘 주고 햇빛 잘 쪼여주면 꽤 오래도록 피는 꽃이니까.

—저희 집에 오면 이상하게 화분들이 잘 죽더라고요.

—화초라는 게 어떻게 하면 잘 살릴까 궁리해도 죽기 십상인데 죽을 걱정부터 하니 꽃들이 주인 맘 알고 죽어주는 거요. 꽃은 이 세상을 가장 작게 축소해놓은 지도 같은 거니까. 긍정적인 마인드를 가지라고, 젊은 사람이. 꽃말이 뭔 줄 알아요?

꽃 이름도 몰랐는데 꽃말을 알 리가 없다. 나는 고개를 저었다.

—진실한 마음이요. 잘 키워보라고.

그 말에는 조금 전의 눈빛이나 말투에선 느껴지지 않던 따뜻함이 배어 있었다. 나는 진실한 마음 같은 건 믿지 않지만, 꽃말이 존재한다는 건 많은 사람들이 그걸 믿고 싶어 한다는 뜻일 것이다.

집에 와서 말라죽은 이름 모를 꽃의 뿌리를 뽑아버리고 퐁퐁을 심은 뒤 물을 듬뿍 주었다. 억지로 산 꽃이지만 꽃이어서 아름답다. 복잡한 심리가 없다. 그냥 예쁜 거고, 그냥 좋은 거다. 세 개는 환하게 핀 꽃, 나머지 세 개는 이제 막 벌어질 채비를 차리고 있다. 이 절반의 꽃봉오리가 필 동안 절반의 환한 꽃은 시들어버릴 것이다. 피어날 꽃의 영광보다 시들 꽃이 안쓰럽다.

침대에 누웠다. 등갓이 없는 U자형 형광등의 절반이 시커멓게 먹통이 되었다. 그동안 정신없이 회사에 다니느라 몰랐다. 새까만 먹통의 질료는 멈춰버린 시간 같았다.

조금 전 도일과 헤어지던 순간이 떠올랐다. 도일이 계단 끝까지 따라와 배웅해주면서 밤이 되면 쌀쌀하다고, 얇게 입고 다니면 감기 걸린다고 내 옷깃을 바로잡아주었다. 도일은 부드럽고 자상하고 솔직하고 주관도 뚜렷하다. 문득 외롭다는 생각이 들었다.

손맛

가을호 특집 : 히틀러의 전기톱

독일의 'MG42'는 2차 세계대전 당시 미 연합군 수천 명을 살
상한 기관총이다. 발사 속도는 살상 속도와 비례한다. 인간은
분당 천 발이 넘으면 어떤 물체에서 굉음이 나는지 식별할 수
없다. 전기톱 돌아가는 소리와 비슷해서 히틀러의 전기톱, 뼈
톱이라는 별명이 붙었다.

《건》의 가을호 표지는 군복을 입은 남자가 단풍 숲을 배경으
로 MG42를 정면에 겨누고 있는 사진이다. 최신 잡지들의 세련
된 편집을 따라가는 것을 포기한 대신 자극적인 헤드카피를 잔
뜩 깔아놓았다.
　가을호가 출간되는 동안 진명유와 내가 한 일은 아무것도 없
었다. 누런 서류 봉투에 잡지를 넣고 회사 근처에 있는 큰 우체
국에 가서 우표를 붙인 게 전부였다. 반팔 티셔츠에 샌들을 신

고 어깨가 얼얼할 정도로 서늘한 바람이 쏟아져나오는 에어컨 앞에서 가을호를 발송하면서 계간지는 한 계절 앞서 배달된다는 평범한 사실을 깨달은 게 전부였다.

우체국에서 막 돌아왔는데 한 남자가 사무실로 불쑥 들어섰다. 처음 보는 사람이 호탕하게 인사를 건넸다. 그레이 바탕에 헤링본 무늬가 복잡하게 직조된 싱글 양복을 차려 입고 일수가방이라 부르는 작은 가죽가방의 끈을 손목에 감고 있어서 더욱 그의 정체를 알기 어려웠다. 얼굴 가득 주름을 잡고 환하게 웃는 얼굴이 경직되어 있던 사무실 분위기와 어울리지 않았다. 어두에 강한 악센트를 넣어서 에너지가 넘친다는 인상을 주지만 기름진 저음이 합쳐지다 보니 호감이 가지 않는 유들유들한 목소리가 되었다. 매사에 너무 능숙해 보인다는 게 장점만은 아니었다. 부장이었다.

─아이고, 반갑습니다. 사장님한테 우리 예쁘고 능력 있는 신입사원님들 얘기는 진작에 전해 들었습니다만, 워낙 공사가 다망하다 보니 인사가 늦었습니다. 환영합니다. 스펙을 보니 두 분 모두 알짜배기시더군요.

나는 갑자기 알이 꽉 밴 굴비가 된 기분이었다. 진명유와 내가 정중히 인사를 했다.

─오늘 회식인데 먹고 싶은 거 있음 말해요. 뭐든지 콜!

─옥인 씨 먹고 싶은 걸로 해요. 전 아무거나 잘 먹어요.

─저도 그다지 가리는 편이 아닙니다. 명유 씨가 먹고 싶은 메뉴로 해요.

—이거 이거, 이러구선 꼭 나중에 딴소리들 하더라니까. 아무거나 먹자고 그러면 느티나무집으로 데려갈 거예요.

　우리들이 옥신각신하고 있자 차장이 나섰다.

　—버섯 샤브샤브로 해요. 느티나무집은 보신탕집이에요. 사장님 내려오시면 바로 식당으로 출발하죠.

　—식당으로 가기 전에 먼저 해야 할 게 있지. 기대하시라, 개봉박두!

　부장이 무성영화의 변사 톤으로 발을 구르며 손뼉을 쳤다.

　—아 참, 깜박했네요. 너무 의례적인 거라.

　—우리한텐 의례적이지만 신입사원님들한테는 처음일 텐데. 그러고 보니 이렇게 여럿이 간 적도 참 오랜만이군. 신세계가 여러분들을 기다리고 있을 겁니다.

　부장의 호들갑에 진명유와 내가 어리둥절해하고 있을 때 사장이 내려왔다. 출발합시다. 사장이 말했다. 정문 앞에 대기해 있던 흰색 SUV에 다섯 명이 탔다. 대단지 아파트와 급조된 상권을 벗어나 한강을 끼고 달렸다. 책 발송하는 날 회식이 있다는 말을 들었지만 회사 근처 먹자골목에서 하는 것으로 생각했는데 멀리 외곽으로 빠지자 기대 반, 긴장 반이었다.

　산을 둘러싸고 있는 들판을 가로질러 낮은 언덕을 10여 분 올라가자 노출 콘크리트로 공들여 지은 모던한 타운하우스가 모습을 드러냈다. 자동으로 열리는 대문으로 들어서자 오른쪽에 작은 연못이 있었고 현관 입구 양옆에는 해태처럼 생긴 빈티지 석상 두 마리가 버티고 있었다. 중세시대 귀족의 대저택 같았다. 벨을 누르면 보타이를 맨 집사가 나와 환영합니다,라고 할 것 같았는데 사장이 엄지를 디지털 인식기에 갖다 대자 문이 열렸다. 거실에는 집사도, 사모님도 보이지 않았다. 2층까지 뻥 뚫린 구조라 사람들의 발자국 소리만이 울릴 뿐 조용했다.

—사장님 댁에 초대된 것을 진심으로 환영합니다. 여기 아무나 못 와요.

부장은 마치 자기가 집사인 양 두 손을 들어 집을 소개했다. 그는 우리가 두리번거리는 사이 눈을 찡긋하며 따라오라는 시늉을 했다. 거실 뒤쪽에 작은 철문이 있었다. 비밀번호를 누르자 철문이 열리면서 계단이 드러났다. 호두나무 재질의 고급스러운 계단이었다. 지하실은 겉에서 이 집 건물을 봤을 때보다 훨씬 넓었다. 벽 한쪽에는 사장실에서 보았던 떡갈나무 장식장과 똑같은 장식장이 보였다. 거기에도 온갖 총들이 진열되어 있었다. 반대편에는 안락해 보이는 카멜색 가죽 소파가 놓여 있었다. 가운데 벽에는 다양한 사람 모형의 과녁이 늘어서 있고, 그 너머 시멘트 벽에는 무언가 둔탁한 것에 맞은 자국들이 꽤 치열한 수열을 보이고 있었다. 이곳에서 사장, 부장, 차장이 의례적으로 사격 연습을 하는 장면을 상상하니 오싹해졌다.

차장은 익숙하게 장식장 쪽으로 걸어갔다. 와인 랙에서 와인을 고르듯 총을 고르기 시작했다. 사장은 살짝 비켜서서 나와 진명유를 번갈아 바라보다 나와 눈이 마주치자 댄스를 신청하듯 우아하게 곡선을 그리며 손을 뻗었다. 나는 주춤주춤 사장이 내민 손을 잡았다. 사장이 총 진열장 쪽으로 걸어가 댄스 파트너를 인계하는 느낌으로 차장에게 나를 건넸다. 차장은 진열장을 돌면서 총에 담긴 역사와 기능을 조곤조곤 설명했다.

같은 장식장이지만 사장실의 총들이 역사와 의미를 지닌 빈티지 총이라면 이곳에는 오로지 목표물을 명중시키기 위한, 살상을 위한 총기들만이 진열되어 있었다. 군더더기나 장식이 없었다. 그 심플함 또한 아름다웠다. 그 생각에 움찔했다. 내가 총을 고르지 못하는 것을 보고 사장이 다가와 하나를 추천했다.

—이 총은 귀한 집 못난 외동아들 같았던 K2죠. 여러 번의 제작 과정을 거쳐 드디어 꽤 괜찮은 총으로 태어났어요. 이걸 써보는 게 어떨까 싶은데.

나는 사장이 골라준 총을 들고 고글을 쓴 채 대기하면서 오로지 행위만을 위해 무언가를 기다린다는 게 이렇게 무의미한 시간인가라는 생각을 했다.

부장이 첫 타자로 총을 쏘았다. 격발음과 함께 총알이 목표물을 향해 날아갔다. 심장에서 한참 먼 허벅지 어딘가를 맞췄다. 세 발을 쏘았지만 세 발 모두 심장을 벗어났다. 참, 저렇게 하기도 힘든데 말야. 사장이 혀를 차듯 말했다. 부장이 고장난 시계도 하루 두 번은 맞춘다는데, 뭐 죽기 전에 한 번은 명중시키겠죠, 하면서 웃었다.

차장 차례가 되었다. 사격 자세를 잡은 모습이 날렵한 치타 같았다. 첫 발부터 심장에 명중했다. 심장이 터지면서 붉은 액체가 터져나왔다. 물감이라는 것을 알면서도 섬뜩했다. 세 발 모두 1밀리미터의 오차도 없이 명중했다. 순식간에 시멘트 바닥이 붉은 액체로 물들었다. 면접 날 사장의 손에 묻어 있던 붉은 액체가 떠올랐다. 창백한 얼굴의 진명유는 손으로 입을 막고 있으면서도 격발 장면에서 눈을 떼지 않았다.

사장이 나를 향해 미소를 짓자 그것이 신호인 듯 차장이 다가왔다. 차장이 팔을 뻗는 법, 총을 두 손으로 받치는 법, 검지를 트리거에 거는 법을 설명했다. 내가 트리거를 당길까봐 긴장해 꽉 쥔 손을 사장이 보더니 옥인 씨는 총을 쏘기에 최적화된 손을 가졌네요. 여자들은 이런 각도가 나오기 힘든데,라고 말했다. 나는 내 손이 싫었다. 엄지 뼈가 불거져 남자 손 같았다. 예쁜 손이라고 할 수 없다. 그런데 이 엄지 뼈가 총을 쏘는 데 최적의 조건이라니.

차장이 잡아준 자세 그대로 정지해 있다가 슛! 소리에 맞춰 첫 발을 쏘았다. 아주 엉뚱한 데로 가지는 않았다. 심장 아래 갈비뼈 부근에 명중했다. 붉은 피는 쏟아지지 않았지만 구멍 뚫린 모양이 진짜 갈비뼈를 부러뜨린 느낌이다. 연발로 쏜 두 발 중 마지막 발은 명중에 가까웠다. 부장이 손가락 휘파람을 불었다.

이 최초의 손맛을 오래도록 잊지 못할 거 같다. 자꾸 더 쏘고 싶었다. 초등학교 입학식 때 나를 빙 둘러싼 친구들이 손가락질을 하며 놀리던 것, 하굣길에 친구들과 시장을 지나갈 때 발골하는 엄마를 보고 애들이 옥인이 엄마라고 수군거렸던 것, 어려서 식당이나 호프집 같은 데 배달을 가면 어른들이 이상하게 쳐다보던 부끄러움과 열등감을 후련하게 날려버린 기분이었다.

여기에도 보이지 않는 룰이 있는 듯 사람들이 순서대로 돌아가면서 총을 쏘았다. 진명유는 소파에서 끝까지 일어나지 않았다. 사장 또한 한 발도 쏘지 않았다. 육중한 몸을 소파에 눕듯이 기댄 채 우리들이 준비하고 쏘는 것을 지켜보다 명중하면 나이스 샷을 외치는 느낌으로 박수를 쳤다. 회사에도, 집에도 엄청나게 총을 수집해놓고 직접 쏘지 않는 것. 이런 것에도 관음증이라는 것이 있는 것일까.

총기를 정리하고 피 같은 붉은 액체를 뒤집어 쓴 표적물을 치우는 동안 나는 그 냄새를 맡았다. 면접 보러 온 날 생애 처음 맡아봐서 도저히 정체를 알 수 없었던 냄새. 향로 속 타고 남은 재와 목캔디의 칼칼함과 페퍼민트 담배의 싸한 맛을 합한, 어떤 것들이 뒤섞인 그 냄새, 그건 살이 타는 탄약 냄새였다.

순두부찌개를 맛보다

현은 한옥인의 육성이 담긴 녹음 파일을 한글로 옮기는 작업을 하면서 한 사람의 삶이라는 것에 대해 생각해보았다. 대학교를 졸업한 뒤 평범한 회사에 취직해 평범하게 살아가는 대신 몇 년의 백수 시절을 지나 기묘한 잡지사에 취직한다. 총에 대해 알게 되고 실제로 쏘아보면서 두 사람을 사살하는 사건에 휘말리고 재판을 앞두고 있는 상황. 평범하지 않은 이 과정을 겪고 있는 한옥인이라는 사람이 담담하게 풀어놓은 이야기를 들으면서 현은 오랫동안 알아온 친구 같은 연민을 느꼈다. 그녀는 자신의 삶이 누군가의 모방생에 불과하며 자존감이 낮은 것을 괴로워했지만 현이 보기에는 그렇지 않았다. 자신에게 주어진 인생을 최선을 다해 열심히 산 사람이었다.

유복자로 태어나 아버지의 부재로 힘들었던 어린 시절에 대한 자기연민이나 예기치 않은 사건에 휘말릴 수밖에 없었던 자신의 과오를 변명하지 않고 담담하게 풀어놓을 수 있는 사람이 몇이나 될까. 그런 불우한 일들을 털어놓은 그녀에게 감정이입이 되어 연민을 느낀 것일 수도 있다.

　현이 그 순두부찌개 가게를 찾아간 건 마침 그 동네에 일 때문에 갔다가 한옥인의 인터뷰에 인상적으로 등장하는 순두부찌개가 떠올라서였다. 현도 순두부찌개를 좋아해 한옥인이 점심식사 이야기를 할 때마다 몰래 침을 삼켰었다.

　지하철에서 내려 회사로 나가는 방향을 찾다가 지하 환승로에 있는 대형서점을 발견했다. 한옥인의 인터뷰에 등장했던 서점 같았다. 현은 서점에 들어가 직원에게 《건》이라는 잡지를 구입하고 싶다고 말했다.

　―전에도 그 잡지 찾는 사람이 있어서 두 번이나 검색해봤는데 없던데요.

　직원이 아예 검색도 안 해보고 말했다. 현은 서점에서 나와 먹자골목으로 향했다. 골목 안에 있는 식당을 기웃거리다가 입간판에 순두부찌개가 크게 그려진 가게를 발견했다. 규모는 작지만 사람들이 제법 많은 깔끔한 가게였다. 주인아주머니가 보글보글 끓는 뚝배기를 가져다 놓았다. 조갯살 위로 벌건 고추기름이 먹음직스럽게 떠 있었다. 현도 조갯살을 좋아하는 편이라 살을 발라 순두부를 크게 떠서 입에 넣었다. 차장이 왜 매일 순두부찌개를 먹었는지 이해가 되었다. 깔끔하지만 허전한 체인점의 맛도 아니고, 20여 가지 메뉴를 파는 가게의 조미료로 맛을 낸 성의 없는 순두부찌개도 아니었다. 육수를 따로 내는지 쉽게 물릴 맛이 아니었다.

이곳에서 매일 세 사람이 순두부찌개를 먹으며 이야기를 나누었다. 그들과 같은 공간에 있으면서 현은 한옥인과 한편이 되는 느낌이었다. 현은 수필가로 등단한 뒤 추리 소설가의 꿈을 꾸었지만 그 열망을 실현시키지 못하고 순수 독자로 남아 있었다. 마흔이 다 된 늦은 나이에 재소자 이야기에서 아이디어를 얻은 단편 추리소설로 신인상을 받으며 등단했다. 현은 한옥인의 다음 이야기가 어떻게 될지 독자로서의 궁금증과 그녀의 이야기를 잘 가공해 장편 추리소설로 쓰면 괜찮겠다는 계획을 가지고 있어서 한옥인의 면담에 더 공을 들이는 중이었다. 한옥인의 녹취 내용을 1인칭으로 설정한 것도 나중에 시점을 바꾸려면 힘들고 의도와 달리 엉뚱한 스토리가 될 수도 있기 때문이었다. 그러나 그녀의 심리가 너무 불안정해 약속 날짜가 지켜지지 않는 경우가 허다했다.

현이 재소자를 상대로 산문 교실을 운영하면서 느낀 것은 그들의 마음이 의외로 심약하다는 점이었다. 글을 쓰러 오는 사람 자체가 그런 성향일 수도 있고, 중범죄자들의 경우 감형을 노리고 모범수인 척해서 그런지도 모르지만 영화에서처럼 무지막지한 재소자는 드물었다. 죄수복만 아니라면 흔히 마주칠 수 있는 평범한 사람들이었다.

한옥인은 특히 심했다. 아직까지 변호사를 선임하지 못한 상태였다. 살인 같은 중범죄는 변호사 없이 재판을 받을 수 없기 때문에 어쨌든 변호사를 선임해야 한다. 미리 입을 맞춰 대응해도 부족할 판에 아무런 대책이 없는 게 답답했다. 월세를 사는 현이 변호사 비용을 대줄 여유는 없고, 무료 변론을 해줄 분을 찾아보겠다고 제안했다. 하지만 한옥인은 현의 제안을 거절했다.

—말씀만으로도 너무 고맙습니다. 구치소에 와보니 다들 자신은 죄가 없다고 하더군요. 저만이라도 제가 저지른 죄에 대한 벌을 받고 싶어요.

한옥인의 말에 현은 자신이 아무런 도움을 줄 수 없다는 무력감에 빠졌다. 한옥인도 매일 이 골목을 출퇴근하면서 어떨 때는 좌절감에 빠졌고 어떨 때는 전투력이 상승해 다짐을 했을 것이다. 내일 한옥인과의 면담이 잡혀 있는데 그녀가 약속을 깨지 않을지 걱정이었다. 한옥인은 회식 날 총을 처음 쏘아보고 손맛을 느꼈다는 이야기까지 했다. 이후 그 손맛으로 두 명을 사살한다.

총의 일상성

태양은 조갯살 빛깔로 하늘 어딘가에 뿌옇게 떠 있었다. 각자의 옅은 그림자를 끌고 먹자골목으로 들어섰다. 뒤섞인 음식 냄새가 허기를 불러왔다. 버섯 샤브샤브로 식사를 하고 2차로 호프집, 3차는 노래방으로 자리를 옮겼다. 누가 봐도 완벽한 신입사원 환영 회식 코스였다. 둥글고 넓은 전골 팬을 푸른 불꽃이 휘감을 때는 내가 정규 직원으로서 특권을 누리고 있다는 뿌듯함에 가슴이 웅장해졌다. 사장의 건배 선창과 부장이 외근하면서 겪은 무궁무진한 에피소드가 더해질수록 진명유를 설득해 월급을 나눠가지는 2인조 형식으로 가면 어떨까 하는 생각도 들었다. 술자리가 돌고 돌아 진명유가 내 옆에 앉게 되었을 때 물었다.

—총에도 손맛이라는 게 있는 거 같아요. 그 최초의 감각을 평생 잊지 못할 거 같아요. 근데 명유 씨는 왜 안 쏘셨어요?

진명유가 새둥지 속 부화된 새끼들을 들여다보듯 두 손을 둥글게 모아 안을 들여다보았다.

—난 총을 싫어해요. '디스라이크'가 아니라 '헤이트'라는 의미예요.

—'헤이트'라면 전에도 총을 본 적 있어요? 저는 진짜 총을 회사에 와서 처음 봤거든요. 그때 의식의 수도꼭지를 잠근 것처럼 생각이 일지정지되었어요. 일종의 죄의식이 아닐까 싶었어요.

—옥인 씨가 총에 대해 죄의식을 느꼈다면 이미 총에 대한 선입견이 형성된 후에 총을 봐서 그럴지 몰라요. 저는 아빠가 군인이어서 부대 안 사택에서 살았거든요. 매일 총을 보니까 총에 대한 개념이 없었던 거 같아요. 연필이나 군모를 보는 것과 다를 바 없었죠. 총을 일상의 일부로 여겼다고나 할까.

총의 일상성. 나도 이 잡지사를 다니면서 매일 총을 보다 보면 일상으로 여겨질까. 내가 총 액자를 보고 감탄했던 미학적인 요소조차 아무런 감흥 없이 보게 될까.

—아니면 내가 너무 어릴 때부터 총을 봐서 아무런 의식이 없었던 걸지도 모르고요. 옥인 씨의 경우에는 죄의식이 작용해서 미의식을 느꼈을 수 있는 거죠. 사실 총이 뭐가 아름다워요? 옥인 씨 발밑을 재빨리 지나가는 통통하게 살찐 쥐를 보았다고 생각해봐요. 어떨 거 같아요?

—혐오스러워서 비명을 지르겠죠.

—사실 쥐나 총이나 둘 다 미적이라고 할 수 없잖아요. 옥인 씨가 쥐에 대해서는 비명을 지르고, 총에 대해서는 아름답다고 생각한 건, 미의식 이전에 죄의식이 선수 친 거죠.

총이 아름다운 건 그 자체의 아름다움 때문이 아니라 살상의 위엄 때문이다. 진명유가 하는 말이 그 맥락으로 들렸다.

—제 경우에도 개인적인 이유에서 싫어하는 거지 총 자체 때문은 아니거든요. 기억을 떠올리는 순간 모든 사실은 비틀리고 조각나버려요. 그 기억이 지금의 나를 있게 했다는 것은 사실이지만 그 사실 자체는 아득해요.

그녀가 기억을 음미하듯 고개를 기울이자 예각을 이루고 있던 부드러운 티라미수가 비대칭으로 뭉개졌다. 나는 기우뚱한 착시현상에 눈을 부릅떴다. 독한 기억이 그녀를 매혹적으로 만들었다. 경직되고 명징한 투사 같은 모습이 아닌 부드럽고 섬세한 모습에 그 기억이 어떤 위험한 것일지라도 그녀처럼 매혹적일 수 있다면 훔치고 싶었다.

그때 사장이 수저로 술잔을 통통 치더니 잠깐 주목해달라고 했다. 우리는 사적인 이야기를 중단하고 사장의 말에 귀를 기울였다. 뜻밖에도 사장 가문에 대한 이야기였다.

—히틀러가 2차 세계대전 당시 러시아를 침공할 때의 일입니다. 중세시대 황제 별명을 따서 '바르바로사 작전'이라고 명명했습니다. 소련은 이러한 히틀러의 침공에 맞서 전통적으로 즐겨 사용한 전략을 펼치게 됩니다. 광대한 국토를 이용하여 깊은 종심으로 적군을 유인한 뒤 결정타를 입히는 작전이었죠. 이를 두고 어떤 학자는 공간을 팔아 시간을 번다고 표현했는데 아주 공감 가는 표현이더군요.

소련의 이 전략은 성공합니다. 독일군이 수백만 포로를 획득

하는 대승리를 먼저 거두지만 날씨는 독일편이 아니었습니다. 폭우가 퍼붓기 시작하더니 소련 땅은 진흙 바다로 바뀌었죠. 진흙 장군이 도운 것입니다. 우리나라에도 진흙 장군의 도움으로 역사를 바꾼 사건이 있었습니다. 이건 역사책에도 실리지 않은 비하인드 스토리이니 잘 들어보셔요.

사장이 말을 시작하자 술집에서 흔히 볼 수 있는 술 취한 뚱뚱한 노인이 아니라 총을 후광 삼아 나를 압도하던 사장의 모습으로 돌아갔다.

—이야기는 조선말 혼란스러운 시대로 거슬러 올라갑니다. 할아버지는 시골 향리의 서자로 태어나 교육도 제대로 받지 못하고 울분 속에 지내다 농민반란의 대열에 뛰어들게 됩니다. 피 끓는 분노를 동력 삼아 초반엔 기세 좋게 치고 나갔지만 38소총으로 무장한 일본 군대의 진압으로 거의 몰살당합니다. 38식의 단점을 보완한 99소총까지 일본은 총의 위력이 얼마나 위대한지 일찌감치 깨닫고 1800년대부터 병기창을 만들어 총을 자체 제작했습니다. 독일의 총기를 거의 베끼다시피 했지만 모방한 총이라고 명중률이 떨어지는 건 아니죠. 일본은 이미 그 옛날부터 총을 자체 제작해서 세계를 제패할 수 있는 기틀을 갖추고 있었던 셈입니다. 2차 세계대전 후 일본의 소총을 수거해 테스트했는데 이태리, 미국, 독일의 총은 두 동강 나거나 기관부가 파괴되었지만 이 총은 그대로였습니다. 얼마나 단단하게 만들었는지 알 수 있는 대목이죠. 이건 현재 우리나라도 참고해야 하는 역사적 지혜입니다. K2부터 시작해서 우리나라도 총을

제작하고 있지만 아직 갈 길이 멉니다.

애니웨이, 할아버지는 농민반란에서 간신히 살아남았지만 반란군은 삼족을 멸하는 엄청난 보복이 기다리고 있었기 때문에 고향으로 돌아갈 수 없었습니다. 한겨울 동상으로 발가락 세 개를 잘라내는 험난한 여정을 거쳐 함경도 시골마을에 도착한 할아버지는 방앗간의 일꾼으로 들어갑니다. 쌀을 도정하는 방앗간에서는 떨어진 낟알만 주워 먹어도 최소한 굶어죽지 않을 거라고 계산한 것입니다. 할아버지의 판단은 옳았습니다. 성실하게 일한 덕분에 굶어 죽지 않았을 뿐만 아니라 주인한테 인정받아 머슴의 딸과 결혼하게 되고 이듬해 아들까지 낳았으니까요. 그분이 바로 저의 아버지입니다.

─그럼 사장님이 도대체 몇 살이라는 거죠?

진명유가 내 귀에 소곤거렸다. 사장이 아무리 늦둥이라 해도 아흔 살이 넘어야 한다.

─어느덧 듬직한 청년으로 자란 아버지는 간도로 이동하던 대종교 무리와 마을에서 조우하게 됩니다. 아버지는 절호의 기회라고 생각했습니다. 할아버지는 엄청난 노동으로 조로했고 자신 또한 붙박이 머슴으로 늙어갈 게 뻔하니 젊은 피가 끓었겠죠. 아버지는 몰래 모아놓은 새전을 허리춤에 차고 야밤을 틈타 대종교 무리에 섞여 간도로 떠납니다. 이후 간도에 정착한 아버지는 방앗간에서 잔뼈가 굵은 체력과 성실함으로 독립운동단체에 들어가 무기 담당을 맡게 됩니다. 그러나 화력과 최신식 총기를 앞세운 일본과의 전투에서 작전 한번 제대로 수행하

지 못하고 번번이 수많은 사상자를 냈습니다.

그렇게 몇 년을 보낸 아버지는 중대한 임무를 띠고 분대장과 함께 블라디보스토크로 떠납니다. 체코슬로바키아 군인들에게 무기를 사기로 밀약되어 있었던 겁니다. 지금도 마찬가지지만 국제 무기시장에서 무기를 구입하기 위해서는 주권국가가 전제되어야 합니다. 일본의 식민지로 주권이 없던 우리나라는 그렇게 밀수하듯이 총기를 사야만 했지요.

당시 체코는 오스트리아의 식민지였습니다. 일본의 식민지였던 우리나라 국민이 일본 군복을 입고 일본 전쟁에 끌려가 목숨을 잃은 것처럼 체코도 오스트리아를 위한 전쟁에 참여해 죽어야 했습니다. 이에 반발한 몇만 명에 달하는 체코 병사들이 러시아로 넘어가 러시아 군인이 됩니다. 하지만 볼셰비키 공산혁명이 일어나면서 이들은 미국에 있는 체코슬로바키아 망명정부의 지휘를 받아 프랑스군에 소속됩니다. 체코 군인이 오스트리아에서, 러시아 군인으로, 다시 프랑스 군인이 되는 건 정말 아이러니한 역사의 한 페이지죠.

무기 거래는 한밤중, 블라디보스토크의 깊은 숲속에서 비밀리에 이루어졌습니다. 무기 대금은 이미 체코군에게 넘겼는데 일본군에게 발각돼 무기를 압수당하면 독립운동 조직 전체가 와해될 위기여서 긴장했지요. 다행히 무사하게 수백 정의 소총과 수십 정의 권총을 넘겨받아 트럭에 실었습니다. 독립군 입장에서는 전과 비교할 수 없을 만큼 힘을 얻은 셈입니다. 하지만 숲을 떠나 황량한 벌판으로 들어서자 일본기를 휘날리는 군용

트럭 한 대가 저 멀리 따라붙는 게 보였습니다. 밀정이 일본군에게 첩보를 넘긴 것이었습니다. 털털거리는 트럭으로 열심히 달려봤자 성능 좋은 일본 군용트럭에 따라잡히는 건 시간문제였습니다. 운전대를 잡고 있는 아버지도 이미 죽은 목숨이라 생각하니 몸이 덜덜 떨려왔습니다.

그때 조용히 눈을 감고 있던 분대장이 말했습니다. 다른 길로 가야겠어. 조금만 더 가면 협곡이 나오는데 거긴 한여름에도 냉기가 흐르는 곳이지. 지금 같은 날씨에는 새벽엔 얼고 낮에는 녹아 고라니조차 다닐 수 없는 진흙땅이야. 위험해도 그쪽으로 넘어가는 수밖에 없겠어. 그러면서 아버지에게 오른팔 힘이 괜찮느냐고 물었습니다. 아버지는 쌀가마니를 질 때 늘 오른쪽으로 졌기 때문에 오른팔 힘이라면 자신 있었습니다. 아버지가 고개를 끄덕이자 분대장이 원래 가려고 했던 방향과는 다른 길을 가리켰습니다.

아버지는 시동이 꺼지면 끝장이었기에 신중하게 클러치를 조절해가며 최대한 빨리 달렸습니다. 간신히 협곡 초입에 들어섰나 싶었는데 일본 군용트럭이 바짝 따라붙더니 사정거리 안에 들어오자 아버지의 차를 향해 총을 쏘아대기 시작했습니다. 왼쪽으로는 까마득한 낭떠러지, 오른쪽에는 거대한 붉은 사암벽이 치솟아 있어서 총에 맞아도, 안 맞아도 위험한 상황이었죠. 간신히 사암벽이 총알을 막는 방패가 되어 두세 고비를 지났나 싶었는데 차가 갑자기 묵직해지면서 밑으로 쑥 꺼졌습니다. 불길한 손이 강력한 힘으로 끌어당기는 것 같았습니다. 아버지는 순간 클러치와 브레이크를 동시에 밟을 뻔했습니다. 잘하고 있어. 얼른 달려! 분대장의 절절한 외침이 아니었다면 무기가 실려 있는 아버지가 탄 차도 진흙구덩이에 박혀 꼼짝 못했을 겁니다. 아버지는 분대장의 외침에 마지막이라는 생각으로 있는 힘을 다해 오른쪽으로 핸들을 틀었고, 바퀴가 헛돌며 쿨럭쿨럭하더니 기분 나쁜 늪에서 힘겹게 빠져나오기 시작했습니다. 하지만 기쁨의 환호를 지를 틈도 없이 그새 바짝 따라잡은 일본 놈들이 총을 쏘아댔습니다. 이제 죽었구나 생각했는데 마침 일본 군용차도 완전히 진흙구덩이에 빠져서 꼼짝 못하고 있었습니다. 아버지는 그 틈을 타 사암산을 끼고 왜놈들의 마수에서 빠져나올 수 있었습니다.

부장이 휘파람을 불며 박수를 쳐서 나도 따라 박수를 쳤다. 부장과 차장은 교주를 따르는 열성 신도처럼 분위기에 압도되어 있었다. 총에 얽힌 이야기는 영화의 한 장면처럼 현실적이지 않으면서 이상하게 사람을 끌어당겼다. 고등학교 국사 시간에 간도 지방에서 활동한 독립군 단체들 이름이 엇비슷해서 시험 때면 외우느라 짜증났는데 당시의 에피소드에 사장의 입담이 더해져 실감나게 풀어가니 재미있었다.

─그렇게 천신만고 끝에 지킨 총기들을 꼼꼼히 장부에 기입하다가 아버지는 독특한 총을 하나 발견합니다. 대부분 모신나강이라고 불리는 러시아 소총이었는데 그 총은 권총도 소총도 아닌 아주 독특한 총이었습니다. 아버지는 무기 담당으로 있으면서 웬만한 총기에 대해서는 빠삭하게 알고 있었지만 그 낯선

총은 범상치 않았습니다. 기존의 총을 튜닝했거나 아니면 러시아나 독일이 아닌 전혀 다른 나라의 수제 총기가 흘러 온 게 아닌가 생각되었습니다. 그걸 입증이라도 하듯 아버지가 소매로 총을 문질러 닦자 숨겨졌던 총의 무늬가 되살아났습니다. 장미꽃과 그 꽃을 휘감고 있는 넝쿨무늬가 음각으로 새겨져 있었습니다. 지금부터 편의상 그 총을 장미총이라고 부르기로 하죠.

나는 비명을 지를 뻔했다. 트리거 카페에서 명복을 빈다는 글이 달렸던 장미총. 과연 누군가가 자신의 아이디를 우연히 장미총으로 할 확률은 얼마나 될까. 장미총이라는 아이디를 가진 여자가 지금 사장이 말하는 장미총과 관계가 없을 확률은? 나는 자꾸 트리거 카페와 장미총으로 흐트러지려는 정신을 끌어와 사장의 말에 집중했다.

―……1800년대에 유럽 왕비의 호신용으로 만들어진 수제 총 같았습니다. 아버지는 잠시 갈등합니다. 이제까지 그런 적이 없었고 앞으로도 그럴 일이 없을 테지만 단 한 번 총을 훔치기로 결심을 하게 됩니다. 아버지는 어머니를 생각하고 있었어요. 험한 가시밭길을 헤쳐온 동지이자 가정이라는 포근한 둥지를 제공한 아내를요. 당시 일본은 조선인을 불령선인이라 부르며 중국 마적단들에게 포상금을 주고 마구잡이로 잡아들일 때였습니다. 일본은 독립군을 잡아들이려고 이런 정책을 쓴 거지만 중국 산적놈들한테 이게 통하나요. 돈 준다는데 조선인이면 무조건 신고를 했지요. 아버지는 아내가 마적단에 끌려가면 어떤 수모를 당할지 잘 알기에 그때를 대비해 총을 훔치게 된 것

입니다. 이런 아버지의 예상은 한 치의 어긋남 없이 그대로 일어납니다. 어느 날, 아버지가 집에 들어갔을 때 피가 낭자한 채 아내와 아들이 숨겨 있었습니다.

—그럼 그 어린 그 아들이 사장님은 아니겠네요.

내가 진명유에게 소곤거렸다.

—누군가가 조선 독립군이 산다고 밀고를 한 것이었습니다. 아버지는 앞뒤 따질 겨를도 없이 그 집을 빠져나왔습니다. 피눈물이 흘렀지만 어물쩍거리고 있다가는 2차 피해를 당할 수 있기 때문에 시신을 수습할 시간적 여유가 없었던 겁니다. 자정이 지나 몰래 그곳으로 가본 아버지는 통한의 눈물을 흘렸습니다. 아내와 어린 아들의 몸에서 흘러나온 피는 이미 꾸덕하게 말라 있었고 사후강직이 시작된 사체는 나무토막 같았습니다. 마적단이 쳐들어오자 아내가 장미총으로 아들을 먼저 죽이고 당신 또한 자결한 것이었습니다. 아버지는 마치 자신이 아내를 죽인 양 한탄스러웠습니다. 간도 여학교 교사였던 제 어머니는 그렇게 젊은 생을 마감합니다. 어머니를 뒷동산에 묻어주며 참았던 눈물을 흘린 아버지는 복수를 맹세합니다.

이후의 이야기는 역사책에도 자세히 기술된 내용이라 여러분들도 잘 아는 이야기일 겁니다. 아버지가 소속되어 있는 독립군이 일본과의 전투에서 두 차례나 대대적인 승리를 거두게 되지요. 하지만 계속되는 독립군의 승리에 일본군은 훈춘지역의 일본 영사관과 일본 상점에 불을 지른 후 조선인의 짓이라고 덮어씌웁니다. 조선인을 몰살시킨 간도참변이 일어난 것이지요. 그 참변으로 아버지의 정신적 지주이자 대종교의 총전교가 폐기법으로 돌아가셨습니다. 역사에서 만약이라는 것은 의미가 없겠지만 만약 그분이 그렇게 돌아가시지 않았다면 아버지의 여정이 또 어떻게 달라졌을지 모르죠. 아버지는 아내와 아들을 한꺼번에 잃은데다 지금까지 당신을 버티게 해준 멘토가 숨을 거두자 더 이상 버틸 힘이 없었고, 빈손으로 귀국하게 됩니다.

아버지는 귀국 후 종교와도, 정치와도 거리를 둡니다. 해방 이후 임시정부 세력들이 대한민국 정부의 중추세력으로 자리를 잡을 때도 아버지는 정치에 몸담지 않고 수중에 있는 얼마 안 되는 돈으로 쌀가게를 차린 것만 봐도 정치적인 색깔이 강했다고 할 수 없습니다. 아내와 아들을 잃고 다시 뭔가를 처음부터 시작해야 하는 아버지에게 쌀이라는 것은 단순한 먹거리가 아니라 생명이었습니다. 할아버지가 농민반란에서 살아남아 자신의 생명을 방앗간에 의탁했듯이, 아버지가 쌀집을 차린 것도, 내가 처음에 《식품과 생명》이라는 잡지를 창간한 것도 모두 생명의 본을 지키려 했던 것이죠. 근데 참 아이러니하죠. 인간들이 삼시 세끼를 꼬박꼬박 먹고 살면서도 막상 잡지에는 전혀 관심을 보이지 않았어요. 2년 만에 폐간하고 장미총이 상징하는 할아버지의 유지를 받들어 민족을 위해 작게나마 힘을 보태야 한다는 사명감으로 총 잡지를 창간하게 된 겁니다. *정말 아름다운 총이었어.* 아버지는 언젠가 할아버지가 눈을 감고 회상에 잠기셨던 표정을 잊을 수 없다고 하셨습니다. 저는 아버지의 말씀을 기억하고 오랜 세월 장미총을 찾으려고 백방으로 수소

문했지만 찾을 수 없었습니다. 그 총은 제가 살아 있는 의미이
자 상징입니다.

　상징. 진명유가 한숨처럼 중얼거리는 동안 나는 장미총이 사
라졌다는 말을 되새기고 있었다. 장미총. 누군가의 아이디로 쓸
만큼 흔한 이름이 아니다. 트리거트리거의 장미총과 어떤 연결
고리가 있는 것일까. 도일에게 다시 연락을 해봐야 할 거 같다.

헨젤과 그레텔

웅변 투로 변한 사장의 길고 긴 연설이 끝났다. 사장의 연설이 회식의 피날레인 듯 차장이 자리에서 일어나더니 카운터로 가서 계산을 했다. 우리도 주섬주섬 일어섰다. 완벽한 밤이 된 먹자골목은 이제까지 본 적 없는 휘황한 밤의 장막을 드리우고 있었다. 나는 네온사인의 화려함에 흔적도 없이 사라져버린 어둠을 찾아 하늘을 올려다보았다.

— 어르신의 독립군 시절 이야기는 몇 번을 들어도 스릴 넘칩니다. 그런 위대하신 아버님을 두신 사장님 회사에서 일하고 있으니 이 얼마나 영광입니까. 우리 《건》이 피용 하고 날아가도록 더 열심히 뛰겠습니다.

부장이 팔을 최대한으로 벌려 포물선을 그리며 총알이 날아가는 시늉을 했다. 사장은 술에 취했어도 너그러운 오너로서의 자세를 흐트러뜨리지 않으며 고개를 끄덕였다.

세상에는 여러 종류의 인간이 있다. 나처럼 밑바닥 서민으로 힘들게 자란 사람이 있는가 하면 역사책에 '조선 말 농민운동부터 근대 산업화 시대의 한 획을 그은 가문'의 예시로 실려도 손색없는 사람이 있다. 그런 가문에서 자라면 어떤 기분일까.

우리 모두 사장의 뒷모습이 사라질 때까지 그 자리에 서 있다가 돌아섰다. 회식 후 으레 2차로 가는 곳이 있는 듯 부장과 차장의 족적에는 한 치의 흔들림이 없었다. 부장의 과도한 손짓과 상체의 흔들림으로 보아 두 사람에게는 절대적인 대홧거리가 있어 보였지만 진명유와 나는 어색함 속에 뒤를 따랐다. 조금 전 그녀와 나눴던 심도 깊은 대화를 더 이어가고 싶었지만 먹자골목의 네온사인 불빛 속을 걸어가면서 '총의 일상성'이나 '미의식, 죄의식' 같은 이야기를 꺼내기가 쉽지 않았다.

진명유가 술 한 방울 안 마신 사람처럼 메마른 구두 소리를 내며 나와의 거리를 세 뼘 유지하며 걸어가고 있는 동안 나는 사장의 총에 얽힌 이야기에 빠져 있었다. 장미총이라는 것은 어떤 것일까. 그 총은 어디로 사라졌을까.

호프집 앞에서 우리를 기다리던 부장과 합류하자마자 진명유가 부장님, 저는 이만 집에 가봐야 할 거 같아요. 너무 늦어서요,라고 분위기 깨는 소리를 했다. 나는 이 회식 자리를 정식사원의 권리인 양 뿌듯해하는 데 반해 그녀는 자신의 뛰어난 능력을 낭비하고 싶지 않다고 불평하고 있었다. 부장이 '아니, 어디 하늘 같은 선배님들이 계시는데 신입들이 마음대로 집에 간다는 소리를 해? 나 때는 감히 상상도 못할'이라고 엄포를 놔서 그녀도 할 수 없이 동굴 같은 호프집으로 들어갔다.

갈 거면 조용히 사라지면 되지, 호프집 입구까지 따라와놓고 집에 간다는 건 또 뭔가. 진명유는 부장에게 쥐꼬리만 한 권력을 마음껏 휘두를 수 있는 쾌감을 선사했고, 부장은 응답하듯이 진명유에게 바짝 붙어서 비밀 강령을 전달하듯 소곤거렸다. 그런 모습을 곁눈질하며 묵묵히 술을 마시는 내게 차장이 사진을 모사하는 게 취미라면서요?라고 물었다. 내가 어떻게 알았느냐고 묻자 이력서에서 보았다고 했다. 다른 특별한 취미가 없어서이기도 했지만 스펙 약한 것을 감추기 위해 독특한 점을 강조하고 싶었던 치기도 작용했다. 그때 부장이 호기심 가득한 표정으로 얼굴을 바짝 들이밀더니 사진을 베낀다고요? 아니, 그런 쓸잘 데 없는 걸 왜 합니까. 시간 낭비, 돈 낭비, 종이 낭비 아닙니까. 그런 쓸잘 데 없는 걸 위해 지구를 푸르게 푸르게 가꿔주는 나무를 쌍둥, 벤다고 생각해보세요. 그런 소모적인 취미는 애시당초 쌍둥, 베어버려야 합니다,라며 라임을 맞춘 자신의 말장난이 마음에 든 듯 감격해서 낄낄거렸다. 차장이 이런 부장을 살짝 흘겨보자 부장이 헛기침을 하며 화제를 바꿨다.

　—옥인 씨, 지하 서재 내려갔다면서요. 우리 잡지들을 살펴보니 어떻던가요?

　—훌륭한 미니 도서관이라 놀랐습니다. 사장님이 잡지에 정말 애정이 많으신가봐요.

　—애정이라는 말로는 부족하지. 뭐랄까. 이 잡지는 사장님의 목숨과도 관련이 있지.

　나는 그때 이 말을 은유로 들었다. 나중에서야 그 말이 은유가 아니라는 것을 알게 되었다.

―근데 우리 회사에 김수정이라는 직원이 있었어요?

나는 부비트랩을 설치하는 기분으로 물었다. 기대 이상이었다. 부장의 얼굴에서 느물거리던 웃음이 싹 가셨다. 다른 사람처럼 보였다.

―한옥인 씨 어리버리한 줄 알았더니 사람 뒤통수치는 데 뭐 있구만.

자신의 반응이 편치 않은 듯 부장은 잠시의 정지화면 이후 과장되게 웃음을 터뜨렸다.

―창간 초기에 근무한 적 있었죠.

차장이 중얼거렸다. 지하 서재에서 올라와 처음 김수정의 이름을 언급했을 때의 차장과는 다르다. 여유를 찾은 모습이다. 차장은 부장이 미처 예측하지 못한 말을 할까봐 나름 선수를 친 것처럼 보였지만 상황을 모르는 부장은 차장이 뭔가 중요한 정보를 흘린 것처럼 대책 안 선다는 듯 흘겨보았다. 부장이 차장을 한심하다는 표정으로 바라본 것은 처음이었다.

―광고 섭외는 잘 진행되고 있나요? 사장님이 특집을 국배판으로 빼라고 하셔서 광고가 좀 많이 들어가야 할 거 같은데요.

차장이 요령 좋게 화제를 바꿨다. 단순한 부장은 차장의 의도대로 따라왔다.

―말도 말라고. 아니, 우리가 뭐 공짜로 돈 받아먹나? 잡지에 광고를 실으면 효과들을 톡톡히 보면서 광고 계약할 때마다 투덜대고 그지 취급을 하니 드러워서 증말이지 원.

***

3차로 온 노래방 계단을 내려갈 때 진명유가 내 구두 뒤축을 밟아 계단에서 나동그라질 뻔했고, 노래방 3호실 앞 로비에서 그녀가 총을 '헤이트'하게 된 이유까지 털어놓은 그날은 정말 뭔가 이상한 일이 일어나기로 작정한 것 같았다.

부장은 노래방 룸으로 들어가더니 언제 숨겨왔는지 모를 작은 양주병을 양복 안주머니에서 꺼냈다. 주문한 맥주에 타 마시면서 마이크를 놓지 않았다. 나는 부장이 〈마이웨이〉 반주에 맞춰 두 눈을 지그시 감고 분위기를 잡는 것을 보고 밖으로 나왔다. 화장실에 들렀다가 취기가 올라 로비 간이 소파에 앉았다. 탁한 공기와 함께 커다란 음악 소리가 들리더니 진명유가 나왔다. 화장실에 가는 줄 알았는데 내 옆에 털썩 주저앉았다. 노래방 문이 닫히자 부장의 노래는 약음기 속으로 흡수된 것처럼 작아졌다.

─옥인 씨는 왜 회사에 잠시 다녔던 여자에게 관심이 많은 거예요?

─명유 씨는 우리가 앉았던 자리에서 어떤 여자가 일하다 그만둔 게 궁금하지 않아요?

─그게 왜 궁금해요? 작은 회사들 퇴사율이야 어디나 높지 않나요? 옥인 씨 너무 오버하는 거 같아요.

─그 뒤로 왜 아무도 안 뽑았는지도 이상하고요.

─회사가 왜 옥인 씨를 뽑았다고 생각해요?

—글쎄요. 명유 씨를 위한 파슬리? 음식을 장식하는 데는 파슬리만 한 게 없잖아요. 언제든지 치워버려도 음식 맛에는 아무 영향도 안 미치고.

농담으로 한 이야기인데 그녀는 웃지 않았다. 노래방에서는 마지막 클라이맥스를 향해 마아아아이 웨에에에이…… 부장이 악쓰는 소리가 울렸다. 저음과 기름진 비음이 합쳐져 묘하게 사람을 긴장시키는 음색이었다. 부장은 드물게 첫인상과 맞아떨어지는 인물이었다. 간간히 탬버린 소리도 섞여 들렸다. 말도 별로 없는 차장이 노래방에서 탬버린을 치는 게 잘 상상이 되지 않았다.

—명유 씨는 왜 지원했는데요? 이 회사가 총 잡지를 만드는 회사라는 걸 알았어요?

—건이 총이 아니면 뭐겠어요?

—총을 싫어하는 분이 그걸 알면서 왜 지원한 거예요?

—정신병리학개론에 회피하지 않고 직접 부딪치는 게 가장 빠른 치료법이라고 나와 있어요. 폐쇄공포증이나 광장공포증 환자를 직접 그 장소에 노출시켜서 안전하다는 것을 깨닫게 하는 게 치료의 시작이죠. 트라우마를 숨기기만 할 게 아니라 정면으로 돌파하고 싶었어요.

—총에 대해 안 좋은 기억이 있었나봐요.

진명유가 또 두 손을 둥글게 말아 안을 들여다보았다. 이상한 습관이다.

—난 일요일을 손꼽아 기다렸어요. 아빠는 주일 예배가 끝나

면 내 손을 붙들고 캣 카페에 데리고 갔거든요. 캣 카페에 가면 먹이를 주기도 하고 사진을 찍기도 했어요. 아빠와 친한 후배인 군인 아저씨가 생일선물로 사준 폴라로이드 사진기로요. 바쁜 아빠 대신 저에게 사진 찍는 법도, 자전거 타는 법도 가르쳐준 아주 친절한 아저씨였죠. 그때는 어린 나에게 그렇게 비싼 선물을 사준 이유를 몰랐어요.

캣 카페에서 찜해놓은 고양이는 하얀 털뭉치의 새끼고양이였어요. 헨젤이라는 이름도 지어주었죠. 말도 잘 듣고 영어공부도 열심히 하겠다면서 아빠에게 사달라고 졸랐어요. 웬일로 아빠가 선뜻 승낙을 했어요. 얼마 전에 아빠가 별을 땄기 때문에 우리 딸한테 선물해주는 거라면서요. 하늘의 별을 따다니, 아빠가 대단한 사람이라고 생각했지요. 다음에는 까만 새끼고양이 그레텔을 사달라고 졸라야겠다고 마음먹었어요. 헨젤과 그레텔이 함께 뛰노는 행복한 집을 그리면서요. 좀 유치하죠?

진명유는 유치하다고 하면서도 헨젤과 그레텔의 귀여운 모습을 떠올린 듯 미소를 지었다.

─그날은 평소보다 일찍 집에 돌아왔어요. 헨젤을 데려갈 거니까 먹이를 주는 것도, 사진을 찍는 것도 집에서 해도 되었기 때문이에요. 무엇보다 빨리 엄마에게 자랑하고 싶었어요. 엄마는 편두통 때문에 예배에도 빠졌고 캣 카페에도 간 적이 없었어요. 헨젤은 차를 타고 가는 내내 손안에서 조용히 잠들어 있다가 가끔 고개를 들어 나를 바라보았어요. 우리는 자신의 운명을 가볍게 생각하죠. 바로 앞에 죽음이 기다리고 있다는 것을

눈치채지 못해요.

어두운 거실에 들어섰을 때 엄마와 군인 아저씨가 우리를 맞았어요. 거실 테이블에는 와인잔이 놓여 있었고 스크린에서는 영화가 재생되고 있었어요. 저는 엄마에게 달려가 헨젤을 안겼어요. 엄마가 헨젤을 안고 활짝 웃었던 모습을 기억해요. 너무 귀엽다. 그죠? 엄마의 질문은 누구에게 한 건지 모호했기 때문에 아무도 대답하지 않았어요. 하지만 곧 아빠가 엄마의 질문에 응답했어요. 총이 발사되는 굉음과 함께 거실은 한순간에 붉게 흩뿌려진 핏방울과 피비린내로 가득 찼어요. 나는 아빠가 엄마에게 쏘았다고 생각했어요. 그런데 엄마는 얼굴이 피투성이인 채로 정신 나간 사람처럼 가만히 서 있었어요. 나는 수만 개의 세포 구멍이 활짝 열려 감각들이 아우성치고 있을 때 내 손이 만든 둥근 공간을 들여다보고 있었어요. 조금 전까지 자신의 존재를 알리던 생명이 흔적도 없이 사라졌지만 헨젤이 계속 그곳에서 나를 올려다보고 있었어요. 거실의 바닥과 벽, 천장의 샹들리에까지 튄 헨젤의 핏자국을 모두 닦아낸 후에야 무슨 일이 일어난 건지 깨달았어요. 믿을 수 없는 일을 믿도록 조작된 게 환영이죠. 환영을 본 적 있어요? 분명 내 손안에 헨젤이 있었거든요. 그런데 그게 내 정신이 착란을 일으킨 거라니, 내가 미쳤다는 두려움이 컸어요.

진명유가 크지도, 작지도 않게, 고양이의 숨결이 닿는 공간만큼 손을 둥글게 만들었다.

—엄마와 나는 몇 년 동안 정신과 치료를 받았어요. 그 이후

겉으로는 아무렇지 않았어요. 사소한 일에도 신경이 예민해진다는 것만 빼면요. 오히려 그런 긴장감이 실수 없이 일을 처리하도록 도와줬어요. 학교 다니는 내내 성적이 좋았고 전교회장을 도맡아 했죠. 무슨 일이든 믿고 맡길 수 있는 능력자로 인정받았어요.

그런 내게 어떤 특별한 계기도 없이 갑자기 병증이 발현되었어요. 그날도 다른 날과 같았어요. 유니폼으로 갈아입은 뒤 나이트 담당 직원에게 차트를 인계받았어요. 간 절제술을 받은 환자에게 진통제를 투여하고 채혈을 해서 튜브스테이션에 보내고 담당 환자들의 V/S를 체크한 뒤 한숨 돌렸죠. 그때까지 어떤 조짐도 보이지 않았어요. 과장님과 함께 회진을 돌고 있는데 들고 있던 차트가 흔들릴 정도로 불안하고 신경이 곤두섰어요. 도대체 이유를 모르겠더라고요. 잠을 잘 못 잤나 싶어 수면제를 먹고 푹 잤어요. 그럼에도 소용없었어요. 그날 이후 미팅이나 회진 때마다 긴장감이 가속화되었죠. 생각 끝에는 헨젤의 죽음이 있었어요. 그게 내상인 거죠. 내가 매일같이 메스와 주사와 피를 봐야 하는 간호학과를 택한 것도 그런 오류의 미끼에 걸려든 것이고요. 결국 사표를 냈죠.

담뱃진 냄새와 화장실의 지린내가 떠도는 노래방 로비는 누군가의 내상을 들을 만한 장소가 아닌 건 분명했다. 속이 메슥거리고 토할 거 같았다. 과음의 후유증 때문만은 아니다. 나 또한 기억에서 자유롭지 못하다. 초등학교 입학식 날 홍삼 가게 아줌마의 딸이 입었던 오버코트를 입고 학교에 갔다. 엄마가 설날에 사주는 옷보다 더 비싼 메이커 옷이었다. 수줍음과 낯섦으로 미적미적 줄을 서 있는 나에게 어떤 애가 달려오더니 어? 이거 우리 누나 옷인데? 가방도? 신발도네?라며 내가 어떤 방어도 하기 전에 가방 뚜껑과 신발 안창을 젖히며 신나서 소리쳤다. 생애 처음으로 공적 집단에 뛰어들어 은근한 불안감에 시달리던 아이들에게 그 외침은 그들을 하나로 묶어주는 든든한 끈이 되었다.

학교에 안 가겠다고 울고불고 떼쓰는 나에게 엄마는 인형을 사주겠다, 초콜릿을 사주겠다며 손을 붙들고 학교 정문 앞까지 끌고 갔다. 장사에 매달려 나를 방치했던 엄마가 절대 사줄 것 같지 않은 것들을 약속하며 나를 달랠수록 학교는 더 무서운 곳으로 변했다. 나를 굴복시킨 건 학교 앞 문구점에 있는 뽑기였다. 100원짜리 동전을 넣고 레버를 돌리면 동그란 통이 또르르 굴러떨어졌다. 그 작은 통에 무엇이 들어 있을까 싶은 기대감에 정문에서 교실까지 발걸음을 재촉했다.

교실에 들어서면 활기찬 아이들, 며칠 사이에 친해져서 뒹굴고 레슬링을 하는 남자애들이 있는가 하면 이제 여덟 살밖에 안 됐지만 자기 맘에 드는 남자애한테 새침을 떠는 여자애가 있고 나처럼 콧물을 흘리듯 이상하게 억울한 감정을 주체하지 못하는 덜 떨어진 애들이 있었다. 내가 적응하지 못하는 걸 어떻게 알아챘는지 몇몇 아이들이 달려들어 내 손에 들어 있는 뽑기통을 빼앗아 발로 뭉갰다. 대개는 시시한 것이어서 뺏겨도 별로 억울할 것도 없었지만 나를 버텨온 기대가 무너지며 너무 슬프고 먹먹해서 아이들이 뽑기통을 서로 가지겠다고 소리 지르고 손뼉 치는 것을 울면서 바라보았다. 웃고 있는 그들과 울고 있는 나는 다른 집단에 속해 있었다. 학교는 내가 소속될 수 없는 집단이었다.

그 뒤로 절망은 언제나 작고 완벽한 원의 형태로 나타났다. 내가 결코 깨지 못하는 어떤 금기의 것들이 쉽게 부서지는 것을 볼 때마다 꼭 그 크기만 한 동그란 절망들이 마음 한구석에 쌓여 예고 없이 굴러다니며 극단의 열등감과 극단의 자기방어 형태로 나타났다.

결국 입학한 지 일주일도 못 채우고 자퇴를 했다. 다음해에 다시 입학식을 거쳐 초등학교 1학년이 되었다. 언제부턴가 '초딩 1학년에 중퇴한 인간 있음 나와보라고 해'가 요긴한 안줏거리가 될 정도로 스스로를 유머 소재 삼기도 했지만 그렇게 되기까지 내 삶은 자주 흔들렸다. 우리는 모두 자신만의 상처와 기억을 가지고 있다. 우열을 가릴 수 없고 경중을 잴 수 없는 기억의 사유지 속에서 무심한 척 살아가고 있지만.

등잔불 아래가 어둡다

옥인아, 이것 좀 봐라. 엄마가 무엇에 홀린 듯이 돼지의 배를 가른다. 돼지는 뻘건 피를 뿜어내면서도 얼굴은 활짝 웃고 있다. 벌어진 돼지 배 속에는 뽑기통이 가득 들어 있다. 엄마가 진주알을 캐내듯이 뽑기통을 조심스럽게 꺼낸다. 환희에 찬 엄마의 표정을 방해할 수 없어 지켜보지만 입술이 마르고 심장이 급격히 뛰기 시작한다. 엄마가 새둥지처럼 만든 내 손에다가 동그란 뽑기통을 쏟아놓는다. 뽑기통은 나의 손 위에서 끝이 뾰족한 총알이 된다. 묵직하면서도 쇠 냄새가 나는 손맛의 감촉이 황홀하다. 그런 나를 보는 엄마의 얼굴이 차장의 얼굴로 변한다. 차장이 비웃음을 흘리며 나를 향해 총을 발사한다. 심장을 관통하는 동통에 비명을 지른다.

비명을 지르며 잠에서 깼다. 새벽이 오기 전이다. 책상과 옷장의 실루엣이 희미하다. 그 자리에 옷장과 책상이 있다는 것을 경험적으로 알고 있어서 느껴진 것이지 그곳에 무엇이 있는지 몰랐다면 실체를 확인할 수 없는 어둠이다. 손을 내려다보았다.

총알의 묵직한 감촉이 첫 사격의 손맛처럼 황홀했다. 공포스럽다. 좋지 않은 일이 기다리고 있을 것 같은 막연한 공포감이다. 회사가 나에게 어떤 불운을 줄까. 이 꿈이 위험을 알리는 표지판이라면 이쯤에서 끝내야 한다.

눈을 떴다. 햇살이 환하게 비쳐들고 있다. 새벽에 악몽을 꾸고 한참을 뒤척이다가 잠이 들었는데 알람 소리도 듣지 못할 정도로 깊게 잠들었다. 서둘러도 지각이다. 평소 잘 안 입던 화려한 꽃무늬 원피스를 옷장에서 꺼냈다. 꽃무늬 원피스가 유행할 때 로드숍에서 샀던 옷이다. 새벽에 꾼 꿈 때문에 화려한 옷을 입으면 기분이 좀 나아질 거 같아 골랐다. 밖으로 나오니 세상은 자신의 치부를 모두 감추고 뻔뻔한 얼굴로 두리번거리고 있었다.

첫 지각인데 딱 걸렸다. 웬일로 사장과 부장, 차장 모두 책상에 둘러앉아 이야기를 나누고 있었다. 진명유는 보이지 않았다. 나처럼 지각한 줄 알았는데 물 내리는 소리가 들리더니 화장실에서 나왔다. 얼굴이 허옇게 질려 있었다. 어제의 숙취 때문인가 했는데 책상 위에는 청소년들이 유기견을 불태워 죽인 신문 기사가 놓여 있었다. 나도 속이 울렁거렸다.

―옥인 씨, 괜찮아요? 어제 너무 과음했어. 아, 미인은 멀리해야 한다는 말은 항상 옳습니다. 이거 뭐 분위기에 휩쓸려 몸만 축내고 말야. 자, 다들 화이팅하시고요.

부장이 숙취가 가시지 않은 얼굴로 투덜거리더니 외근을 나갔다. 다른 날과 마찬가지로 점심시간에 순두부찌개를 먹고, 폭력적인 기사를 백 번 필사하고 사장의 기사 재구성 테스트를 마친 뒤 트리거트리거에 접속해 장미총에 대해 조사했다. 그녀의 부음이 올라온 시기는 김수정이 편집자 명단에서 사라진 시기와 비슷했다. 가입 인사방으로 가서 장미총이라는 아이디를 검색했다. 가입 인사는 열렸다.

만나 봬서 반갑습니다. 열심히 활동하겠습니다. 꾸벅^^

다른 가입 인사와 다르지 않다. 그 외 활동 기록이 없다. 김수정이 잡지에 휘갈겨 쓴 시기와 장미총의 카페 가입 시기가 비슷하고, 김수정의 퇴사 시기와 장미총이 죽은 시기가 비슷하다는 것만으로 장미총을 김수정이라고 단정 지을 수 있을까. 도일을 만나 확인해봐야겠다.

***

—얼굴빛이 안 좋네요. 어디 아프세요?
—어제 회식이라 과음했더니 종일 멍하네요. 해장주 한잔하러왔어요.
—잘 오셨어요. 잠깐 기다리세요.
조화처럼 싱싱한 풍풍, 은은한 조명, 안락한 소파, 서로 마주보고 걸려 있는 〈춤〉과 〈이카루스〉 그림까지. 도일의 가게는 시간이 멈춘 것 같았다.

─어제 들어온 건데 해장주로는 조금 무거울지 모르겠지만 풍미가 아주 좋아요.

코끝에 살짝 닿는 오크향이 묵직했다.

─솔직히 털어놓을게요. 실은 저 와인 잘 몰라요. 그냥 술 좋아하니까 술맛으로 먹는 거예요.

─솔직히 털어놓는다고 해서 깜짝 놀랐어요. 무슨 큰 비밀 털어놓나 싶어서요. 저도 배우는 중이에요. 이건 '꿈의 그림자'라는 이름이 붙은 칠레산 와인인데, 칠레산이 보통 가볍다는 인식을 완전히 깨는, 정통 보르도 와인에 가까운 향과 맛이 납니다. 칠레가 프랑스보다는 일조량이 높아서 불맛이 나기 때문에 포도 잎사귀로 그늘을 만들어 풍미를 조절하죠. 빈티지에 따라 맛 차이가…….

─장미총이 김수정인가요?

나는 단도직입적으로 물었다. 불맛이 나는지, 물맛이 나는지 와인 맛은 다 엇비슷한데 먼 나라 이야기에 언제까지 건성으로 맞장구칠 수는 없다.

─무엇이 궁금해서 저를 찾으신 건가요?

도일이 팔짱을 끼며 방어적으로 변했다. 예상치 못한 반응이다.

김수정에 대해서 더 알기 위해서라도 솔직하게 내 이야기를 털어놓을 것인가, 아니면 이대로 도일과는 끝낼 것인가. 결정을 내려야 했다. '건'이라는 잡지사에 다닌다는 것, 트리거트리거 낙서와 퇴사한 김수정, 장미총 회원의 죽음, 차장과 부장의 반응, 회식 때 사장이 말한 장미총에 얽힌 독립군 가문 이야기, 이런 파편적인 연관이 이 사건을 궁금하게 만들었다는 이야기를 했다. 목소리가 떨렸다. 이야기가 끝나자 도일이 술잔을 든 채 꼼짝하지 않았다. 따뜻한 물이 찰랑이는 욕조는 침묵으로 차가워졌다.

—《건》은 저도 잘 아는 잡지입니다. 트리거트리거를 만든 마스터가 《건》 편집장입니다. 잡지가 먼저 나온 게 아니라 카페가 먼저 있었던 거죠. 잡지가 나오면 우리 회원들이 샀거든요.

—편집장이라면 혹시 권형진 씨 아닌가요?

—옥인 씨가 저에 대해서 편집장에게 말하지 않는다는 것을 어떻게 보장하죠? 지난번엔 단순히 강퇴만 당했지만 한동안 알 수 없는 작자가 나를 미행하며 까불지 말고 납작 엎드려 있으라는 경고를 받았어요. 제가 옥인 씨를 만난 것을 알면 그들이 가만있지 않을 거예요.

—도일 씨한테 맡길 수밖에 없어요. 저를 믿고 안 믿는 건요. 제가 도일 씨를 믿고 이곳에 온 것처럼요.

—어느 날 장미총이라는 아이디로 가입 인사를 한 사람이 있었어요. 그녀는 《건》에서 편집 일을 한다고 했어요. 회원 중 친한 사람 몇이 이곳에 와서 와인을 마시며 친목 모임을 가졌고요.

—그리고 장미총이 죽었죠. 어떻게 죽었나요?

—잠실 쇼핑몰 화장실에서 살해당했어요.

—아, 그 사건 기억해요. 그때 술집 화장실도 아니고 하루 유동인구가 몇만 명인 대형 쇼핑몰에서 살해를 당했다고, 이제 무

서워서 어디 화장실 가겠냐고 친구들과 얘기했던 기억이 나요. 범인은 잡혔겠죠?

—아니요. 분명 쇼핑몰을 나가서 지하철을 타고 버스로 환승하는 게 다 찍혔지만 범인은 연기처럼 사라졌어요. 모자랑 마스크를 써서 얼굴도 확인되지 않았고요. 강남역 화장실 사건과의 공통점 때문에 비슷한 사건으로 묶여서 흐지부지되어버렸죠. 그런데…….

도일이 입을 다물고 와인에 부유물이 떠 있는 듯 한참을 들여다보았다.

—사고가 나기 얼마 전에 김수정이 저를 찾아왔어요. 잡지 특집으로 건 배틀을 준비하고 있다고 말했어요. 바로 옥인 씨가 앉았던 바로 그 자리에서요.

—요즘 건 배틀 많이 하지 않나요? 예능에서도 본 적 있고요. 회사에서 추진한 건 배틀과 김수정의 죽음이 관계가 있다고 생각하시는 거예요?

—모르겠어요. 그 카페에 '역사의 발자취'라는 소모임이 있었는데 일제강점기 때 간도에서 독립운동을 하던 사람들의 이야기를 올려놓곤 했어요. 《건》 편집장이 그 소모임을 이끌었는데 좀 광기 있는 사람 같았어요.

사장과 차장은 잘 발달된 한 쌍의 더듬이 같다. 사장의 집념, 차장의 분석력. 두 개의 더듬이만 있으면 어디든 무슨 일이든 헤쳐갈 수 있다. 거기에 부장의 돌쇠 같은 행동력이 있다. 김수정, 장미총이 죽었다는 것은 차장과 사장에게 어떤 의미일까.

그들을 지탱하는 진짜 모습이 무엇일까. 우리 사회에 만연한 폭력을 총이라는 은유로써 경고하는 민족주의자인가, 아니면 총의 후광 뒤에 숨은 폭력 옹호자인가. 내가 이곳으로 이끌려 온 것은 우연일까. 우연을 가장한 필연일까.

김수정이 앉았던 자리에서 맞은편에 걸린 〈이카루스〉를 보았다. 마티스는 근대의 문을 연 화가들 중 한 명이다. 새로운 사조를 연다는 건 분명 고통스러운 작업이었을 것이다. 누구도 알아주지 않는 상황에서 여러 압박들을 겪는다면 기존의 것들과 타협하고 싶을 텐데 고통을 예술물로 형상화했다. 근대는 각 분야에서 고통을 이겨낸 사람들이 모여 인류 역사상 인간의 능력을 가장 폭발적으로 발현한 영광의 시대였다. '꽃은 이 세상을 가장 작게 축소해놓은 거요.' 화원 주인의 말대로 근대는 가장 화려하게 꽃을 피워낸 시기였다. 인간이 잘 섞어놓은 기름진 배양토 위에. 그 꽃은 제국주의의 총칼에 약소국들을 희생시켰고 두 차례의 세계대전으로 피에 물든 꽃이 되었다.

나는 〈춤〉과 〈이카루스〉를 차례대로 올려다보았다. 내 머리 위의 〈춤〉보다 맞은편 벽에 걸린 〈이카루스〉가 더 잘 보였다. 당연하다. 등잔불 아래가 어둡기 때문에.

총을 든 선인만이 총을 든 악인을 막을 수 있다

　—저는 총기 소지 허용 문제를 특집으로 다루면 어떨까 싶었습니다.

　진명유는 예전의 힘 있는 모습으로 돌아왔다. 회식 날의 아련한 모습이나 동물학대 기사로 허옇게 질렸던 모습은 흔적도 없다.

　—올 초에 인터넷으로 고스트 건을 구입해서 불특정 다수를 난사한 사건이 있었습니다. 여섯 살 난 딸의 생일을 맞아 외식을 나온 일가족 네 명이 그 자리에서 즉사했죠. 그리고 며칠 전 필사한 기사에도 조잡한 사제 총으로 친구를 쏴서 사망시킨 사건도 있었고요. 총기난사로 무고한 시민들이 죽거나 다치는 것은 이제 먼 나라 이야기가 아닙니다.

　진명유가 주목을 즐기듯 주변을 둘러보더니 나에게 질문을 했다.

　—현재 총기 소지가 허용된 나라가 어딘 줄 아세요?

　—글쎄요. 미국밖에는 잘…….

―미국이 허용하고 있다는 건 세 살짜리 애들도 알 것이고요, 의외로 많습니다. 필리핀과 아프리카의 일부 국가, 남미와 러시아에서도 허용하고 있습니다.

―기사를 어떻게 풀어낼지, 방향이랄까 관점 같은 것이 있습니까?

차장이 물었다.

―자료도 많고 정보도 오픈되어 있는 미국부터 시작하려고 합니다. 사람들은 미국의 총기협회가 자신들의 이권을 위해서 총기 소지를 결사적으로 지키는 거라고 막연히 알고 있지만 실은 복잡한 문제들이 얽혀 있습니다. 출발은 미국이 영국의 식민지였을 때 영국의 착취에 반발하면서부터였죠. 미국 땅이 광활하고 미개척지다보니 경찰력이 닿지 않는 지역이 많아 유지된 것이고요. 거기에는 '총을 든 선인만이 총을 든 악인을 막을 수 있다'는 모토가 깔려 있습니다. 우리나라에서도 점점 '묻지 마 살인사건'이 증가하는 만큼 자기방어의 개념에서 총기 소지 허용이 이슈화되어야 한다고 생각합니다. 국가가 함부로 국민을 대하면 국민이 가만 안 있겠다는 자위권 개념이 숨어 있는 거죠.

―지나치게 정치적인 해석이군요. 요즘 사람들 신문도 안 보는데 잡지 구독자가 그런 골치 아픈 일에 관심을 가질까요. 진명유 씨 혹시 특별한 정치색을 가지고 있는 건 아닌가요.

진명유를 견제하는 차장을 사장이 제지했다.

―에, 아이디어는 나쁘지 않군요. 명분을 가져온 것이 아주 좋네요. 명분은 인간이 형이상학적 존재임을 입증하는 양식이

죠. 모든 정치는 명분 싸움이라고 할 수 있습니다. 아니, 모든 정치적인 것은 명분 싸움이라고 하는 것이 더 적확한 표현이겠네요. 사람들은 실리를 위해 싸운다고 생각할지 모르지만 파헤쳐보면 비교 우위를 차지하는 명분이 이기게 되어 있죠. 자, 다음은 한옥인 씨 기획안을 들어볼까요?

뭔가 멋지게 쐐기를 박고 싶었지만 그런 극적인 반전은 드라마에나 있는 일이다. 내 기획안은 '미래의 총'이었다. 총은 지난 100년 동안 별로 발전한 게 없다. 자동차와 비슷하다. 1885년 벤츠가 가솔린 기관을 완성하고 특허를 얻을 때만 해도 곧 하늘을 나는 자동차가 상용화될 줄 알았지만 아직 요원하다. 레이저 광선총이나 초음파를 결합한 총기들도 금세 상용화될 줄 알았지만 많은 시행착오를 거쳐야 할 것이다. 미래의 총은 충분히 호기심을 불러일으킬 것이라 생각하고 준비했지만 총기 소지 허용에 비하면 꽤나 낭만적인 주제였다.

뱀을 박제한 것으로 착각했던 총 액자를 올려다보았다. 얼룩덜룩하게 양각된 뱀피와 뱀눈, 그리고 꿈에서 보았던 돼지 배 속에 들어 있던 총알, 최초의 손맛, 장미총, 그 순간 특집으로 건 배틀을 준비하다가 살해당했다는 김수정이 떠올랐다.

—제가 생각해온 기획안은 건 배틀입니다. 요즘 서바이벌 게임이 대세이기도 하구요.

사장의 입가에 미소가 어렸다. 낚시찌가 살랑살랑 흔들리고 낚싯대를 잡아채기 직전에 어리는 만족의 미소.

—건 배틀이라면 어떤 방식을 생각한 건가요?

내가 건 배틀을 꺼냈을 때 미묘하게 변했던 표정을 금세 가라앉힌 차장이 물었다. 얼결에 나온 말이라 잠깐 생각을 하다가 언젠가 예능 프로그램에서 본 장면을 떠올렸다.

—장소를 빌려서 최고의 전사를 뽑는 겁니다. 서바이벌 배틀 과정을 중계한다면 K-POP이나 스트리트 댄스처럼 저희 잡지 인지도를 한꺼번에 높일 수 있고요. 비비탄 같은 것을 사용해서요.

—지금 장난해요? 초딩들도 시시해하는 비비탄을 가지고 돈을 들여 서바이벌 게임을 한다는 거예요?

차장이 짜증을 냈다. 나는 다급해졌다.

—공기총은 어떨까요? 방탄복을 입고요. 예산이 부족하다면 잡지를 산 사람들에게 건 배틀을 관람하거나 참여할 수 있는 티켓을 판매하는 방법도 있고, 인원을 제한해야 한다면 추첨 방식으로 해도 되고요. 잡지값보다 비싼 사은품을 끼워 파는 상술의 일종으로요. 저희 잡지의 판매도, 인지도도 높아질 거라고 생각합니다.

며칠 전에도 지하철역 환승로에 있는 서점에 들러 《건》이라는 잡지가 있는지 물었지만 직원은 찾아보더니 없다고 했다. 잡지는 분명 발송됐는데 서점에는 깔리지 않는다. 이런 마케팅에 대해 사장도, 차장도 고민하지 않는다.

—옥인 씨가 간과한 게 있어요. 그건 일본잡지 《건의 세계》가 특집으로 다뤘던 것과 아주 흡사합니다. 물론 우리가 그 잡지를 많이 참고하는 건 사실이지만 그건 어디까지나 정보의 공

유지 무단 도용은 아닙니다. 특집은 다릅니다. 우리《건》만의, 다른 곳에서 넘볼 수 없는 독특한 주제를 살려야만 20주년까지 살아남을 수 있는 겁니다.

그동안《건의 세계》를 정보 공유의 차원이 아니라 완전히 베껴왔던 회사에서 새삼스럽게 이의를 제기하는 게 억울했다. 조금 전 사장의 입가에 어린 미소는 내 착각이었나.

—형식을 변경하면 어떨까요.

조용히 듣고 있던 진명유가 말했다. 다들 진명유의 말을 기다렸다. 진명유는 한동안 침묵했다.

—표적을 살아 있는 걸로 하는 겁니다. 사람들 내면에 잠재된 폭력성을 실험해보는 거죠. 길고양이를 데려와 적당한 공간에 넣어놓고 명중률로 승부를 매기는 겁니다. 고양이는 조용하지요. 방음벽을 쌓는 데 많은 돈을 들이지 않아도 되고, 참치캔만 있으면 잡기 쉽고요. 길고양이는 언제 죽을지 모르는 동물이니 양심에 걸릴 것도 없고요.

그때 창밖에서 피아노 소리가 들려왔다. 우리는 특집 기획회의가 아니라 헨델 연주회에 와서 음악을 감상하고 있는 듯 일제히 피아노 소리에 귀를 기울였다. 내 입에는 진명유가 살아 있는 표적으로 하자고 말할 때부터 서서히 모이기 시작한 침이 주체할 수 없을 만큼 고여 있었다. 유기견을 불태우는 신문 기사가 어른거렸다. 사장은 허공을 응시한 채 말이 없었다. 차장이 침묵을 깼다.

—그게 실현 가능하다고 생각하세요? '스탠포드 감옥 실험'

이나 '악의 평범성 실험' 등을 생각하시나본데 그건 인권 개념이 발달하기 전입니다. 세상이 얼마나 바뀌었는데요. 사회적으로 공론화될 수밖에 없고 동물학대라는 윤리적인 문제가 발생해서 법적 책임까지 물을 수도 있습니다. 간단한 일이 아닙…….

—노 리스크, 노 게인이라는 말도 있잖습니까. 어떻게 포장하느냐에 달려 있겠죠. 명분과 비밀 보장만 확실히 된다면 흥미로운 게임이 될 거 같군요.

—사장님, 그 비밀이 과연 지켜질까요? 전에도 노숙…… 공연한 주목은 우리 잡지에 악영향만 미칠 겁니다.

차장은 사장과의 텔레파시가 깨진 것을 인정하고 싶지 않은 듯 필사적이었다.

—제한된 조건하에서 인간의 내면을 실험해보면 괜찮을 거 같습니다. 실험에 참가한 사람은 단순히 폭력 그 자체에 매료돼서 하는 사람도 있을 거고, 1등을 하겠다는 목표를 달성하기 위해 하는 사람도 있을 거니까요. 총을 매개로 폭력과 욕망의 관계를 살펴보는 계기가 될 겁니다. 사장님이 말씀하셨던 폭력의 역사에도 맞는 기획이고요.

나는 얼결에 제안한 기획안이 채택될지 모른다는 흥분에 빠져 정신없이 떠들어댔다. 눈을 감고 깊이 생각에 빠진 사장의 결정만 남았다.

—좋습니다. 일단 건 배틀을 생각해낸 것만 해도 흥미롭군요. 방법적인 문제를 고민해보면 좋은 기획안이 나올 수 있지

않을까요? 두 분 모두 지난번 기획 때와는 차원이 다른 준비를 해오셨습니다. 수고 많으셨어요.

내가 무슨 짓을 한 건가. 서바이벌 게임에서 살아남겠다는 긴박감이 그런 제안을 하게 만들었다. 사장실로 올라가 제안을 취소하겠다고 말할까. 장난해요? 사장이 어처구니없는 표정으로 나를 올려다보겠지.

그들에겐 있었다, 맥심이

 사장실을 가는 건 면접 이후 처음이다. 내 의식의 수도꼭지를 잠가 말 한마디 못하게 만들었던 사장실의 총 컬렉션에 내가 어떤 반응을 보일지 두려우면서도 기대가 되었다. 매일 총을 보면 아무렇지 않던 '총의 일상성'을 테스트해볼 수도 있다.
 사장실 문을 열었다. 어두운 복도에 익숙해진 눈이 환한 방에 잠시 적응을 못해 눈을 살짝 감았다가 떴다. 사장은 면접 때와 똑같이 총 장식장을 배경으로 회전의자에 앉아 있었다. 확실히 처음보다는 면역이 생긴 것 같다. 미학적인 요소도, 압도하는 강렬함도 중화된 이미지를 보여주고 있다. 하지만 아직은 총이 일상으로 다가오지는 않는다. 총알이 내 손을 벗어나 목표물을 명중시킬 때의 손맛이 생생하게 살아났다. 엄지 뼈를 최대한 벌려서 진열된 총을 전부 쏘아보고 싶은 욕구가 솟았다.
 —앉으세요.
 사장이 손을 뻗어 암체어를 가리켰다. 티 테이블에는 녹차 잔이 놓여 있었다. 내가 앉자 사장이 총 장식장을 가리켰다.

—이 총들은 제작 연대순으로 진열되어 있습니다. 아래로 내려올수록 현대 모델이죠. 옥인 씨는 어느 총이 제일 마음에 드나요?

천장에서 바닥까지 닿는 육중한 장식장의 각 칸에 들어 있는 총은 총이라는 범주로 묶여 있지만 각각의 정체성을 드러내고 있었다. 성격 좋은 친구가 있고, 얼굴 예쁜 친구가 있고, 스펙 좋은 친구가 있듯이 총들도 자신만의 개성으로 내 맘에 들길 기다리고 있었다. 천장 가까이에 있는 높은 칸에 시선이 멈췄다. 생김새가 예사롭지 않았다. 총이라기보다는 대포를 축소해놓은 모양에 가까웠다. 날렵하게 정면을 향해 일직선으로 뻗은 총신은 금방이라도 불을 뿜을 듯 긴장하고 있었다.

—위에서 두 번째 기관총이 마음에 듭니다.

—기관총과 소총의 차이가 뭐라고 생각하나요?

—연발의 차이라고 알고 있습니다. 나중에는 소총도 연발이 가능하게 되었지만요.

특집을 준비하면서 소총과 기관총을 구분할 수 있게 되었다. 소총은 대총(대포)과 비교해 상대적으로 작아 소총이라는 이름이 붙은 것이지 작은 총이 아니라는 것, 소총보다 작은 것은 카빈이라는 것, 소총을 라이플, 권총을 피스톨이라 부른다는 것도.

—소총이 엄마의 잔소리라면 기관총은 아빠의 잔소리죠.

사장이 연발의 차이를 아주 간결하면서도 적절하게 비유했다.

—왜 저 총이 마음에 들었죠?

—어떤 총과도 다른 모양이에요. 마음에 들어서라기보다 낯

설어서 눈이 간 거 같아요.

　─내 예상이 맞았네요. 나는 옥인 씨가 총에 대해 예리한 감각을 가지고 있을 거라고 생각했어요. 사격 솜씨만 봐도 그렇고.

　사장이 나도 모르는 나의 감각을 꿰뚫고 있었다는 얘기가 된다. 내가 애걸복걸해서 뽑은 게 아니라는 것도.

　─맥심이라는 기관총인데 최초로 자동발사가 가능하게 된 총이죠. 아프리카의 한 족장이 영국의 식민 통치에 반대하여 봉기를 일으켰습니다. 만여 명의 부족원들이 사막 한가운데서 방진을 펼치고 수백 명의 영국군과 맞섰죠. 부족 전사들의 손에는 적병의 목을 베어버릴 시퍼렇게 날 선 칼과 방패가 들려 있었습니다. 부족원들이 소름 끼치는 함성을 질러대면서 최고의 속력으로 적을 향해 돌진해갔습니다. 그러나 영국군이 들고 있던 맥심이 불을 뿜기 시작하자 10여 분 만에 몇십 배나 많은 부족원들이 몰살당했습니다. 단 한 명도 영국군의 방어 전선에 도달하지 못했습니다. 이 맥심의 자동발사 기능 덕분에 그 전과는 전혀 다른 전쟁 양상을 보입니다. 군인들이 머리를 땅에서 들 수 없게 만든 것이죠. 어느 종군기자는 이렇게 썼습니다. 전투가 아니라 처형이었다고요. 영국군의 지휘관은 이렇게 말했습니다. '맥심 덕분에 쉽게 승리를 했다. 우리는 가지고 있었다, 맥심을. 그들은 가지고 있지 않았다, 그것을'이라고요. 1883년 하이럼 맥심이 고안한 이 기관총은 소수의 유럽 국가들이 약소국인 아프리카와 아시아를 완벽하게 점령하게 만들었습니다. 근대의 제국들이 다른 나라를 먹을 수 있었던 것은 오직 총 때

문이었습니다. 그러면 제국에게 먹혔던 약소국들은? 총이 없었기 때문이죠.

이 명약관화한 사실을 우리는 묵과하고 있습니다. 대화요? 화해요? 이런 것들은 힘이 있을 때 가능한 겁니다. 힘도 없는 것들이 대화하자, 화해하자, 하면 네, 좋은 생각이네요. 그럽시다, 하고 악수를 할 거 같나요? 우리나라에도 맥심이 있었다면 일본에게 먹히지 않았을 것이고, 한국전쟁도 일어나지 않았을 겁니다. 우리는 가지고 있지 않았다, 맥심을. 그리고 그들은 가지고 있었다, 그 총을.

손에 손잡고 세계가 하나가 된 지금은 어떨까요. 제국의 말썽쟁이들이 국지전을 벌이고 있는 아프리카 일부 지역이나 아라비아 반도의 화약고, 그리고 지금 전쟁을 하고 있는 러시아와 우크라이나를 제외한 대부분의 나라에서 총은 상징이 되었습니다. 그러나 저는 총이 영원히 상징으로 남을 거라고 생각지 않습니다. 총은 발사하기 위해 존재하니까요.

―저 총이 부족원들을 죽인 그 총인가요?

―옥인 씨 정말 순진하군요. 모델만 같은 겁니다. 그 옆에는 어떤 총이 있나요?

총신에서 총구에 이르는 선의 흐름은 완벽했다. 밤색의 개머리판과 노리쇠는 잘 닦여 반질반질 윤이 났다.

―소총이네요.

연대별로 보면 모신나강이 맞는 거 같지만 소총은 모양도 비슷하고 종류가 많아 구분이 어려웠다. 범위를 넓게 잡아 소총이라고 대답했다.

　—아니, 그 총 말구요. 맥심 바로 옆에요.

　—그 자리는 비어 있는데요?

　—그게 제가 가지고 싶은 총이지요. 무슨 총인지 짐작이 가나요?

　—장미총?

　—맞아요. 우리 가문에게만 의미 있는 게 아니라 대한민국의 근대사와도 맞물려 있는 총이죠.

　사장의 가문에 얽힌 장미총이 인상적이어서 아이디까지 장미총으로 지은 김수정은 죽었다. 흔적 없이 사라진 범인은 누구이며 왜 김수정을 죽였는지 밝혀지지 않았다. 사장에게 차장이 마스터로 있는 카페에서 김수정이 장미총이라는 닉네임으로 활동했다는 것과 그녀의 죽음에 대해 물어보면 어떤 반응을 보일지 궁금했다.

　사장이 책과 앨범을 꺼내왔다. 책은 판매용이 아니라 개인 소장용인 듯 겉장에는 '나의 조국, 나의 동지'라는 제목 외에 어떤 장식도 없었다. 한 장을 넘기자 웨이브 단발머리를 한 여성이 한복을 입고 의자에 앉아 있었다. 백발을 올백으로 넘긴 남자가 그 의자에 손을 올리고 있다. 그 앞에는 네다섯 살 정도의 남자 아이가 긴장한 표정으로 정면을 바라보고 있다.

　—부모님입니다. 아버지가 인천에서 쌀 도매상을 하실 때 재혼했죠. 아버지의 삶을 기록한 자서전입니다.

　몇 장을 더 넘기자 간도에서 독립운동을 하던 흑백 사진들이 실려 있었다. 사장이 책을 덮고 자줏빛 비로드에 감싸인 앨범을 펼쳤다. 앙증맞은 종이 포켓에 사진이 꽂혀 있는 옛날식 앨범이었다. 사진을 넘길수록 부모님은 멋스럽게 나이 들어갔고, 남자아이는 교복을 입은 청소년이 되었다. 부유한 집안의 품격 있는 사진이다. 나에게는 가족 앨범이 없다. 공유한 시간을 스틸 컷으로 남길 만한 여유가 없었다.

—이 책은 특별히 옥인 씨에게 선물로 줄게요. 나이 들면 자꾸 옛날 생각이 나지요. 이해해줘요.

—아닙니다. 선물까지 받고 제가 영광입니다.

단순히 집안 자랑을 위해 이 책을 나에게 주는 걸까. 아니면 제법 사장의 마음에 드는 건 배틀을 제안해서 신뢰도가 한 단계 상승한 걸까.

—부탁이 하나 있어요. 지하철역에 가서 화과자 좀 사다줄래요?

—네?

화과자가 무엇인지 몰라서 반문한 건 아니다. 명망 있는 부족을 몰살한 맥심 총과 우리나라의 근대사를 말해주는 독립운동과 사라진 장미총, 그리고 거구의 사장. 이 요소들과 화과자는 어울리는 조합이 아니었다. 총에 대해 남다른 감각을 가지고 있다고 칭찬하고 당신의 집안 내력이 담긴 책을 선물하면서 나를 인정하나 싶더니 커피 심부름도 아니고 화과자 심부름이란 말인가.

1층으로 내려와 책상에 책을 올려놓자 진명유가 관심을 가지며 무슨 책이냐고 물었다. 나는 사장 심부름 다녀올게요,라고 대답하고 현관으로 가서 신발을 신었다. 진명유는 사장이 책까지 선물하고 무슨 중요한 심부름을 부탁했는지 묻고 싶어 하는 눈치였지만 그녀는 내가 뭔가 대단한 지령을 받은 것을 확인하게 될까봐, 나는 기껏 화과자 심부름이나 하게 된 자괴감을 들킬까봐 둘 다 얼굴을 붉히며 외면했다.

***

화과자 가게는 최근 유행하는 떡 카페처럼 생겼을 거라 예상했는데 배달 전문 피자 가게와 비슷했다. 인테리어도 썰렁하고 음악 소리조차 들리지 않았다. 내가 우물쭈물하고 있자 개량한복 차림의 주인이 1만 5천 원짜리와 2만 5천 원짜리 두 종류가 있는데 어떤 걸 찾느냐고 물었다. 화과자 심부름에 당황한 나머지 사장이 원하는 게 얼마짜리인지 물어보지 않았지만 사장이 3만 원을 주었기에 2만 5천 원짜리를 달라고 했다. 선물할 거면 포장해준다고 해서 그냥 달라고 했다. 피자박스처럼 생긴 상자에 무지개색의 화과자를 담아 쇼핑백에 넣어주었다.

몇 분 만에 화과자 심부름을 마치고 가게를 나왔는데 내가 서 있는 이쪽은 이상하리만치 휑뎅그레했다. 도로 건너편에는 수많은 사람들이 어떤 방향으로 몰려가고 몰려오면서 군무를 추는 것처럼 보였다. 둘 이상인 경우는 행복해서 미치겠다는 표정으로, 혼자일 경우에는 세상 고민 다 짊어진 표정으로 걸어가고 있었다. 둘 모두 과장돼 보였다. 나는 군무의 순서를 놓친 단

원처럼 멍하니 서 있었다. 큰길 하나를 사이에 두고 인간들의 숫자가 이렇게 차이난다는 게 믿어지지 않았다. 다른 시간 속 같은 공간, 같은 시간 속 다른 공간 같았다. 저쪽으로 건너가서 그들의 무리에 합류할 테지만 이쪽에서 바라보는 길 건너의 세계는 내가 전혀 모르는 시간처럼 낯설었다.

화과자 박스를 두 손으로 받쳐 든 내 뒷모습을 진명유가 응시하고 있었다. 나는 그것을 의식하면서 계단을 올라갔다. 선택받은 신녀처럼, 삐걱거리는 계단의 울림마저 성스러운 의식의 일부분인 것처럼 우아하게 2층에 다다랐다. 화과자를 사오는 동안 해가 한 뼘 더 기울어 좁은 복도는 더 어두워졌다. 사장은 내가 이곳을 떠나기 전과 동일한 곳, 동일한 자세로 앉아있었다. 신녀가 바친 제물로 힘을 보충하길 기다리는 괴물 같았다. 내가 화과자를 사기 위해 떠나 있었다는 게 믿어지지 않는 정적이었다. 찻잔에 담긴 녹차의 더 짙어진 올리브 그린만이 내부재를 증명하는 유일한 흔적이었다.

화과자와 잔돈을 테이블 위에 올려놓자 사장이 화과자 상자 뚜껑을 신중하게 열었다. 나는 다른 지시를 기다려야 할지, 인사를 하고 내려가야 할지 결정을 못하고 어정쩡하게 서 있었다. 그렇게 해서 어쩔 수 없이 사장이 화과자를 먹는 것을 지켜보게 되었다.

사장은 정성스럽게 싸여 있는 화과자의 얇은 포장지를 신중하게 벗긴 뒤 위에 장식되어 있는 잣을 입에 넣었다. 잣을 씹고 음미한 뒤에야 화과자가 사장의 입에 들어갈 수 있는, 경건한

의식이었다. 터질 것 같은 볼살과 달리 유난히 작은 입속으로 들어가는 작지만 완벽한 형태의 잣을 지켜보면서 나는 전율했다. 제물을 먹고 있는 거대한 괴물을 바라보고 있는 초조함이나 조바심과 비슷한 감정이었다. 사장이 화과자의 몸통을 절반 베어 물자 피처럼 붉고 끈적한 것이 흘러나올 듯 말 듯 고여 있었다. 내가 면접 날 보았던, 사장의 손에 묻어 있던 붉은 점액질이었다. 화과자 속에 들어 있는 붉은 소스일 뿐이지만 나에겐 여전히 동물의 피를 연상시켰다. 인신공양이 동물공양으로 대체되었지만 제물이 흘리는 핏물이 여전히 섬뜩함을 주는 것과 같은 이치였다.

사장의 입가에 살짝 번져 있는 피의 대체물을 지켜보다가 도망치듯 1층으로 내려왔다. 이상한 허탈감과 박탈감으로 얼굴이 화끈거렸다. 진명유는 내가 화과자 심부름을 다녀오기 전보다 더 지쳐 보였다. 방전 직전인 것 같았다. 회백질 혹은 백질, 아니면 시냅스 혹은 뉴런 아무튼 그녀의 뇌 한구석에 수줍게 자리를 잡고 있던 창의성이 견디지 못하고 폭발해버린 건지도 몰랐다. 피비린내 나는 사건 사고를 필사하고 직원들의 오줌발 소리를 구분하느라 모든 에너지를 소모한 것도 모자라 자신이 제안한 특집 기획안까지 거절당했다. 게다가 진명유는 그 사실에 조바심이 나서 내가 추가 제안한 건 배틀에 살아 있는 고양이를 목표물로 할 것을 제안했다. 사장의 신뢰를 예감할 수 있는 책 증정과 심부름까지 내가 맡았다. 창의성을 향해 열심히 산소를 실어 나르던 모세혈관에 바늘 구멍만 한 틈이 생기면서 그녀의 입술 핏기마저 거둬가버린 것 같았다.

―아까 들고 올라간 거 뭐예요?

―화과자요.

―화과자……. 사장님 과체중이라서 당도 높은 화과자는 몸에 안 좋을 텐데.

진명유는 마지막 남은 한 톨의 산소를 연소시키는 듯한 목소리로 힘겹게 말했다. 그런 그녀의 반응이 내게 묘한 희열을 주었다. 사장이 화과자를 먹는 모습을 나에게 보여줌으로써 어떤 희열을 느낀 것처럼 나는 그녀의 무기력한 반응에 힘을 얻었다. 박탈감과 충족감은 가역관계이다. 사장 때문에 느낀 박탈감은 그녀로 인해서 충족감으로 변환되었다.

―그냥 심부름을 한 것뿐이에요.

나는 증거를 들키지 않으려는 범인처럼 여유 있게 그녀를 바라보았다. 덩치와 어울리지 않게 얇고 작은 입술로 잣을 오물거리던 사장의 모습과 입가에 번지던 붉은 액체를 보고 내가 왜 전율했는지 그 이유를 알고 싶지 않았던 마음의 조각들을, 내 머릿속에서 지워버리려고 애쓰며 덤덤하게 말했다. 나는 진명유에게 미안한 마음이 들었지만 민들레 홀씨처럼 홀연히 날아온, 정체를 알 수 없는 호기심이라는 새로운 전도체로 그녀를 소생시키는 것보다는 나았다.

전략의 효과는 오래가지 않았다. 퇴근 전 화장실에 들러 조선의궤를 관람하고 나오자 진명유가 사장 앞에서 일본잡지《건의 세계》기사들을 정갈하면서도 전문가다운 톤으로 즉석에서 번역하는 놀라운 재주를 선보이고 있었다. 동시통역도 아니고 이걸 뭐라고 불러야 하나. 동시번역?

사장은 그녀가 일본어 문장을 즉석에서 번역해낼 때마다 백 한 가지 맞장구치는 법을 알고 있는 사람처럼 굴었다. 진명유의 얼굴에는 미소가, 입술에는 핏기가 돌아왔다. 화과자 심부름 따위가 아닌 제2의 창작이라 불릴 만큼 창의성을 요구하는 번역을 맡은 것이다. 전직 간호사답게 나의 도움 없이 자체 소생에 성공했다. 이름도 좋다. 기생 이름 같은 한옥인보다 진명유, 얼마나 편집자다운 이름인가.

나는 쿨하게 퇴근하지 못하고 현관에서 메리제인 슈즈의 끈을 헛되이 조이면서 퇴근하겠다고 외쳤다. 사장과 진명유는 오랜 신뢰가 쌓인 동업자의 모습으로 서로 머리를 맞대고 번역 작업에 몰두하느라 내 인사는 안중에도 없었다. 한 조각의 미련마저 잘라버리고 막 현관문을 나서려는데 부장이 들어서다 나와 부딪칠 뻔했다.

—어이쿠, 쏘리입니다. 퇴근하시나본데, 그냥 보내드릴 순 없지. 우리 저녁 식사나 같이 합시다.

나와 악수한 손을 풀지 않은 채 부장이 박차고 나갈 듯이 현관문을 향해 몸을 돌렸다. 차장이 다급하게 제지했다.

—부장님, 광고 급하게 수정해달라면서요.

—아, 참, 내 정신이 이렇다니깐. 옥인 씨, 우리 다음에 식사해야겠네. '셔틀 건' 말야. 누끼 따달라고 했는데 왜 보완을 안 했어?

—누끼는 눈에 안 띄어서 바꾼 건데요?

─해달란 대로 해줘. 먹고 토하든 설사를 하든. 해명기획 사장 인터뷰 도비라에 넣는 거 잊지 말고. 지난번에 나 엄청 깨졌어.

─네, 이번엔 제대로 넣었습니다.

부장은 차장을 향해 요구사항을 말하면서도 발걸음은 진명유와 이야기를 나누고 있는 사장 쪽으로 움직였다.

─국회 쪽은 생각보다…… 신 위원장님이…… 다시 츄라이를…… 언론사 대표를 저녁 때 만나서…….

현관에서 미적거리며 사장과 부장의 대화를 엿들었지만 내가 들을 수 있는 건 거기까지였다. 진명유가 들어도 될 정도로 중요한 이야기가 아니었든지, 아니면 그녀가 이미 잡지사의 일원으로서 모든 정보를 공유하기로 용인되었는지 두 사람은 진명유의 정수리 위에서 소리를 죽인 채 대화를 이어갔다. 그녀가 그들의 대화에 전혀 관심을 두지 않고 일본잡지를 들여다보며 창의적인 번역에 몰입하고 있어 그나마 위로가 되었다.

오감의 완성

가을이 제법 깊었는데도 지열이 뜨거웠다. 지구 온난화가 심각하다고 사람들이 말하지만 나에게 중요한 것은 지구의 온도가 1도 더 올라가는 게 아니라 이 회사에 떠도는 심상치 않은 기류였다. 침묵 속에 떠도는 끈적함이었다. 어디에서 기인하는 두려움인지 모르겠다. 그런 생각에 빠져 걷다가 전단지를 나눠주는 탈을 쓴 고양이와 부딪쳤다. 나도 잠깐 핸드폰 매장 앞에서 고양이 탈을 쓰고 춤을 춘 적이 있다. 사람들은 나를 '춤추는 고양이'라고 불렀다. 자기야, 저 고양이가 예뻐, 내가 예뻐? 나는 방충망 눈으로 애인의 사랑을 확인하는 여자와 그런 여자의 어깨를 따뜻하게 감싸는 걸로 대답을 대신하는 애인을 노려보며 제시의 〈눈누나나〉에 맞춰 춤을 추었다. BTS의 〈Butter〉를 추기도 했다. 그 작은 탈 안에서 무엇이든 할 수 있었다. 쪽팔리지 않았으므로. 시급도 센 편이고 제법 인기도 많았지만 일주일도 못 채우고 그만두었다. 침 냄새, 쉰 냄새가 견딜 수 없었다. 서바이벌 게임에서 진다면 어떤 냄새가 나는 곳에서 일해야 할지 모른다.

지하철역 회전문 앞에는 수많은 사람들이 북적거렸다. 지상으로 돌출된 거대한 백화점으로 올라가기 위한 회전문이었다. 그들은 지하라는 것을 잊게 해주는 명품샵의 화려한 쇼윈도 앞에서 서성이다가 지하철 개폐기를 밀며 우르르 쏟아져나오는 누군가를 확인하기 위해 고개를 빼거나 시계를 들여다보았다. 한 사람을 위해 예쁘게 차려입고 시계를 들여다보며 누군가를 기다리는 표정에는 내가 너무 오랫동안 느껴보지 못한 기대감이 있었다. 어떤 저녁을 먹을 건지, 무슨 옷을 입고 어떤 말이 귀를 간질이는지 같은 기대는 까마득한 기억이 되어버렸다. 이제는 너무 먼 기억이 되어버린 그 시간들로 돌아가고 싶은가. 총을 알기 전의 시간, 온갖 아르바이트를 전전하며 취직을 위해 이력서를 쓰고, 자기소개서를 허위로 작성하면서 나 아닌 타인의 삶으로 뿌듯했던 시간들로.

나는 화과자 가게로 들어갔다. 2만 5천 원짜리를 달라고 하자 개량한복은 나를 기억하지 못하고 '선물하실 거세요, 그냥 드실 거세요'라고 녹음된 것처럼 말했다. 그냥 달라고 했다. 화과자 쇼핑백을 들고 지하철을 타려다가 마음을 바꿔 회사로 향했다. 아무래도 진명유를 만나봐야 할 것 같다. 두 손으로 작은 새둥지를 만들던 그녀가 살아 있는 고양이를 목표물로 건 배틀을 하자고 제안했다. 그녀 또한 내가 이 회사에서 자기를 밀쳐낼까봐 불안한 것일까.

회사는 어둠 속에서 명상하듯 조용히 잠겨 있었다. 그러다 어느 순간 현관 센서등이 자동으로 켜지면서 스스로 떠오르는 섬처럼 하나의 빛으로 떠올랐다. 한참을 기다려도 진명유는 나오지 않았다. 화과자를 사는 동안 이미 퇴근했는지 모른다. 몸을 막 돌리려 할 때 현관문이 열리면서 차장과 진명유가 나왔다. 나도 모르게 기둥 뒤로 몸을 숨겼다.

—명유 씨가 걱정하는 거 충분히 이해해요. 트리거는 뜻이 같은 사람들끼리 모인 거잖아요. 명유 씨가 트리거트리거에서 좀 더 적극적인 활동을 해준다면…….

들을 수 있는 대화는 거기까지였다. 뒷이야기는 골목의 어둠이 먹어버렸다. 분명히 트리거트리거라고 했다. 진명유도 트리거 카페를 아는 것일까. 아니면 이 회사에 들어온 이후 김수정처럼 차장의 권유로 가입한 것일까.

막 돋아나기 시작한 풋풋한 그림자를 길게 늘어뜨리며 둘은 내가 퇴근하는 지하철 방향이 아닌 반대 방향으로 걸어갔다. 매번 막다른 골목처럼 생긴 그쪽으로 진명유가 퇴근하기에 길이 있느냐고 물은 적이 있다. 저 골목 끝에 다른 길로 가는 지름길이 있고 거기에 마을버스가 있어요. 모든 길은 어차피 만나게 되어있어요. 되새겨보니 중요한 진리를 담고 있는 말 같았다.

머리 위로 차가운 게 후두둑 떨어졌다. 비가 내리고 있었다. 비 올 확률이 60퍼센트였던 날은 우산을 준비해갔는데 비가 안 왔고, 오늘은 20퍼센트라고 해서 우산을 안 가지고 왔는데 비가 왔다. 비를 피할 데가 마땅치 않았다. 화과자 쇼핑백으로 머리를 가리고 지하철역을 향해 뛰었다. 갑작스러운 빗줄기로 텅 비어버린 먹자골목을 서행하는 빈 택시의 붉은 등을 발견했다. 급하게 세웠다. 어디로 가실 거냐는 기사의 질문에 도일의 가게 이름을 댔다. 비에 젖은 어깨를 털며 마티스 바로 들어가자 도일이 내 얼굴을 유심히 살피더니 어제도 회식하셨냐고 물었다. 나는 농담할 기분이 아니었다.

—트리거트리거에 진명유라는 사람이 있었나요?

내가 정색하고 질문하자 도일도 심각한 표정을 지었다.

—강퇴당한 이후에 들어온 사람들은 저도 잘 몰라요.

나는 회사에서의 일을 솔직하게 털어놓았다. 진명유와의 서바이벌 관계, 내가 특집 기획으로 건 배틀을 제안한 것. 조금 전 차장과 진명유가 나눈 이야기로 미루어 진명유가 트리거트리거 회원일지 모른다는 것. 그러나 진명유가 살아 있는 고양이로 건 배틀을 하자고 제안했다는 말은 차마 하지 못했다.

—옥인 씨가 건 배틀을 제안했다고요? 김수정 씨가 건 배틀 후에 살해당했다는 얘기를 했는데…….

도일은 내 행동을 탓하지 않으려는 듯 조심스럽게 말했다.

—서바이벌 게임 때문에 진명유에게 밀릴까봐 조바심이 나서 그랬던 거 같아요. 저도 왜 그랬는지 모르겠어요.

나는 손으로 얼굴을 감싸고 한동안 침묵했다.

—옥인 씨 많이 힘드시군요.

그가 내 어깨를 토닥였다. 누군가 내가 힘들다는 것을 알아주는 것만으로 위로가 되었다. 잠시 후 도일이 노트북을 가져와 검색을 시작했다.

—폐쇄됐나? 트리거트리거가 아예 흔적도 없이 사라졌어요. 사이트가 폭파된 거 같아요. 무슨 심각한 일이 있었나보네요. 회사를 그만두면 안 될까요? 너무 위험해 보여요.

총의 세계를 모르다가 이 세계로 들어왔다. 이후 그 세계에 폭 젖어들었다. 내가 살고 있는 세계가 리얼한 세계인지 총의 세계가 리얼한 세계인지 구분이 되지 않았다. 회사에서 필사했던 기사들의 키워드는 폭력이었다. 폭력의 일상성에 젖어들었다. 놀림받지 않고 힘이 세 보이려고 총을 모으기 시작했다는 차장처럼, 총에 맞아 죽은 사랑하는 고양이의 상처를 잊기 위해 회사에 들어온 진명유처럼 나도 손맛을 알아버렸다. 그 희열, 속에 쌓여 있던 분노의 표출과 함께 희석되던 열등감.

불안이 술을 마시게 부추겼고 술을 마실수록 신경이 누그러졌다. 걱정들이 하찮아졌다. 누군가 나를 진심으로 걱정해주는 기분을 느껴본 게 얼마만인가. 건 배틀 문제는 내일 출근해서 취소하겠다고 말하면 된다. 아니면 도일의 조언대로 회사를 그만두면 된다. 간단하다. 이 시간을 즐기자.

—여자친구 있어요?

—없어요.

—왜 안 사귀어요?

—글쎄요. 너무 지독한 연애를 해서 앞으로 누군가를 사귀긴 어려울 거 같아요. 옥인 씨는요?

—없어요.

—왜 안 사귀어요?

—지독한 사랑을 못해봐서요.

둘이 웃었다.

—이제 가야겠어요. 마음의 짐이 많이 가벼워졌어요. 고마워요.

—갑자기 비가 와서 손님들도 일찍 끊기고, 가게 문 닫으려
는데 잠시 기다려줄래요? 보여줄 것도 있고요.

나는 도일이 와인잔을 씻어 천장 거치대에 걸고, 행주를 털
어 너는 것을 지켜보았다. 그 뒤로 내가 도일을 도와 움직이는
환영을 보았다. 바쁘게 테이블을 정리하고 불을 끄고 함께 퇴근
해서 같은 공간으로 가는 시간.

도일이 주방에서 손짓을 했다. 깔끔하게 정리된 주방 뒤쪽에
간단히 사무를 볼 수 있는 방이 있었다. 컴퓨터가 놓여 있는 책
상을 한쪽으로 밀자 작은 진열장이 나타났다. 사장의 총 장식장
만큼은 아니지만 몇 개의 총들이 진열되어 있었다.

—어떤 총을 제일 좋아해요?

사장이 내게 했던 질문을 도일에게 했다. 도일이 가운데 칸
에 있는 총을 꺼내 내밀었다. 나는 총의 표면을 쓸었다. 약실 근
처에서 손길을 멈췄다.

—아주 부드러운 살을 만지는 것 같아요. 이런 맛에 불법인
데도 총기를 구입하나봐요.

—총기가 허용되는 나라가 어딘지 알아요?

나는 깊이 생각하는 척했다.

—음, 미국이라는 건 세 살짜리 애들도 알 것이고, 필리핀과
아프리카 일부 국가, 러시아와 남미에서도 허용하고 있는 걸로

알고 있어요.

—오, 역시 건 직원답네요. 그럼 미국과 다른 나라의 총기 소지 허용이 어떻게 다른지 알아요?

—그건 잘…….

—미국은 자연발생적으로 소지한 후에 제도화된 거고, 다른 나라들은 제도화된 후에 소지하게 되었죠. 우리나라가 만약 총기 소지 허용이 된다면 미국과는 다르게 제도화된 후에 허용되는 거잖아요. 어마어마한 권력과 돈이 얽힌 문제다 보니 도덕성을 갖추지 못한 정부가 추진한다면 문제가 되겠죠.

—진명유가 특집으로 제안한 주제가 총기 소지 허용이었어요.

—우리나라 국민 정서상 법제화되기는 어려울 거예요. 100년 후라면 몰라도.

눈을 감고 총의 숨결을 느껴보았다. 지나간 시간들을 음미하며 숨 쉬는 맥박을 느꼈다. 도일이 내게 다가왔다. 우리는 총을 사이에 두고 서로의 눈을 바라보았다. 내가 총을 쓰다듬었던 것처럼 그가 내 머리칼을 쓸어내렸다. 숨죽이고 있던 몸의 세포들이 일깨워졌다. 빗소리가 점점 더 거세졌다. 작은 소리도 빗소리가 흡수해버렸다. 나는 먹통 든 형광등처럼 누군가가 갈아주기 전에는 스스로 불을 켜지 못하는 수동적 입장이었다. 누군가와 새로 시작할 수 있을 거라는 믿음조차 없었다. 하지만 이렇게 급작스러운 건 원하지 않았다. 몸을 돌렸다. 습기를 먹어 더 촉촉해진 풍풍을 지나 계단을 올라왔을 때 아래서 도일이 불렀다. 도일이 계단을 두 칸씩 올라와 쇼핑백을 내밀었다.

―이거 옥인 씨가 가져온 거죠?

―네. 도일 씨 드세요.

―뭔데요?

―화과자요.

―화과자? 저는 화과자 별로 안 좋아해요. 수정 씨가 좋아했는데…….

묘한 질투심을 느꼈다. 화과자라고 했을 때 도일이 과한 반응을 보였다. 김수정도 사장의 화과자 심부름을 했을 테고 와인바에 올 때 사 와서 소모임 사람들과 함께 먹었을지 모른다.

상자 뚜껑을 열고 얇은 화선지를 들춘다. 무지개색의 화과자가 모습을 드러낸다. 탄성을 지른다. 분홍색 화과자를 꺼낸다. 몸통을 감싸고 있는 포장지를 벗긴다. 잣을 떼어낸다. 잣이 머물렀던 흔적이 제법 견고하다. 잣을 입에 넣는다. 오물거려 씹는다. 쌉싸름한 뒷맛이 난다. 잣이 이런 맛이었나. 잣을 삼킨다. 화과자의 연분홍 살과 흰 앙금을 베어문다. 달고 부드럽고 찐득거린다. 아직 잣이 머물렀던 흔적을 해치지 않는다. 한 입 중앙을 향해 크게 베어 문다. 붉은 액체가 살짝 흘러나온다. 나머지를 몽땅 한입에 넣고 사장을 모방해서, 김수정을 모방해서, 신녀가 아닌 거대한 괴물이 되어서, 부드럽고 작은 것을 거칠게 씹기 시작한다. 입가에 피의 대체물이 흘러나오는 모습이 거울을 통해 비춰진다. 그리고 깨달았다.

뱀 액자 ― 시각

피아노 소리 — 청각

탄환 냄새 — 후각

총 발사 — 촉각

화과자 — 미각

비어 있던 마지막 미각의 퍼즐을 찾아 완벽하게 오감을 완성시켰다. 나는 묘한 희열의 극치감을 느꼈다. 극치감은 뿌듯함이 아니라 중세시대의 마녀사냥을 위한 주술이 시작될 것만 같은 불길한 떨림이다. 도일의 충고대로 여기서 멈춰야 할까.

책상 위에는 개를 불에 태워 학대하는 사진을 모사한 그림이 압정에 꽂혀 있다. 그 옆에는 아프리카 소년이 나를 굽어보고 있다. 소년이 들고 있는 기관총에는 드럼탄창이 장착되어 있다. 2차대전 당시 소련에서 만든 총이다. 그 총에는 안전장치가 없다. 매섭게 추운 소련의 겨울 날씨 때문에 애초에 설계할 때부터 안전장치가 없었다. 그 때문에 오발 사고가 많았지만 총이 얼지 않아 적군을 쉽게 죽일 수 있었다. 1940년대 추운 나라에서 만들어진 총이 2010년대 뜨거운 나라의 한 소년이 들고 있다. 70년의 세월을 거치면서 녹이 슬었다고 총알이 사람의 몸을 피해가는 건 아니다. 총에게 시간과 공간의 구획은 무의미하다. 시간을 팔아서 공간을 번 것이다.

끔찍한 기사들을 필사할 때면 피비린내에 고개를 돌리면서도 사진들을 모사해 벽에 걸어놓았다. 내 안에는 내가 모르는 폭력성이 잠재해 있어서 모사를 하면서 폭력성이 잠 깰까 살살

달래고 있었던 것일까. 형광등의 먹통은 더 시커멓게 변했다. 퐁퐁은 두 송이가 시들고 두 송이가 피었다. 피고 진 꽃의 개수가 같아 새로 핀 줄 몰랐다. 나는 사직서를 써서 가방에 넣고 잠자리에 들었다.

방어하지 않는 방어

인터뷰가 예정되어 있던 날 구치소를 찾아갔더니 한옥인이 자해를 시도해 병원으로 옮겨져 구속복이 채워졌다는 이야기를 전해 들었다. 현은 먹지도, 자지도 못해 푸르스름하던 지난번 인터뷰 때의 그녀를 떠올렸다. 변호사 없이 홀로 힘든 조사를 받았으니 약한 멘탈의 그녀에게는 무리였을 것이다. 다행인 것은 그녀가 병원에서 퇴원한 뒤 국선 변호사가 선임된 것이다. 국선이 열심히 싸워줄까 염려하던 차에 변호사에게서 연락이 왔다.

─한옥인 씨의 심리 상태가 불안정한데다 면접을 자꾸 딜레이시키니 참 대책이 없네요. 재판 날짜는 얼마 안 남았는데 제대로 된 진술을 들을 수 없으니요. 현 선생님과 인터뷰를 했다고 하던데 그 내용을 볼 수 있을까요? 사건의 대략적인 상황만이라도 파악해야 재판에 나가든 말든 할 거 같습니다.

─도움이 되신다면 물론 드려야죠. 그런데 인터뷰가 마무리된 게 아닙니다. 한옥인 씨를 겪어봐서 아시겠지만 워낙 감정

상태가 불안정해서 지금까지 기록된 것도 아주 조금씩 오랜 시간 동안 걸쳐 진행한 겁니다.

—그거라도 보내주시면 도움이 될 거 같습니다. 그런데 혹시…… 잠깐 만나 뵐 수 있을까요?

—네? 무슨 일 있으신가요?

—만나서 말씀드리겠습니다.

뜻밖이었다. 현은 그녀의 변호사를 만날 이유가 없었고, 만나서 할 이야기도 없었다. 그러나 차후에라도 추리소설을 완성하기 위해서는 그녀의 인터뷰가 필요했고 담당 변호사의 말 한마디가 그녀의 마음을 움직이는 데 결정적으로 작용할 걸 알기에 현은 만남에 응하기로 했다. 현은 정리해뒀던 인터뷰 파일을 이메일로 보내고 며칠 후 약속 장소로 나갔다

—인터뷰에서는 사건의 내막을 자세하게 털어놓았더군요. 작업하느라 꽤 고생하셨을 텐데 흔쾌히 보내주셔서 상당히 도움이 되었습니다. 흥미로운 내용이라 금세 읽었어요. 물론 읽기 좋게 정리한 현 선생님의 공이 크지만요.

변호사가 약간 흥분해서 말했다. 변호사의 이름을 검색해보니 사법고시가 아닌 로스쿨 출신이었다. 현은 로스쿨 출신은 실력이 떨어진다는 선입견을 가지고 있었다. 국선인데다 로스쿨 출신이라 염려하던 차에 적극적으로 사건에 임하는 모습을 보니 안심이 됐다. 파일을 읽고 의뢰인과 라포가 형성되었기 때문일 것이다. 현이 한옥인을 인터뷰하면서 한옥인에게 감정이입이 되었던 현상과 비슷했다.

─사실 제가 뵙자고 한 건 저에게 보내준 인터뷰 파일 외에 다른 내용이 더 있는지 여쭤보고 싶어서였습니다. 전화로 불쑥 묻는 것도 예의가 아닌 것 같아서요.

─그게 전부입니다. 내용도 제가 따로 재구성한 건 거의 없습니다. 그분은 시작이 어렵지 막상 이야기를 시작하면 막힘이 없더라고요. 왜 안 그렇겠어요. 그 회사를 다닐 때까지는 자신이 살인범이 될 줄 몰랐을 테니까요. 옥인 씨를 일인칭으로 해서 녹취 파일을 만든 건 나중에 제가 추리소설로 스토리를 가공할 때를 대비해서입니다. 뒤늦게 시점을 바꾸려면 꽤 고생스럽거든요.

─압니다. 저도 학부 때는 소설 좀 읽었습니다.

변호사가 기분 나쁘다는 듯이 말했다.

─인터뷰는 한옥인 씨가 특집으로 건 배틀을 제안한 후 도일을 만나 고민을 털어놓고, 트리거 카페가 폭파된 후 회사를 그만둘지 망설이는 부분에서 끝나 있더군요.

─맞습니다. 이후에 진짜 회사를 그만두었는지, 어떻게 살인 사건에 휘말리게 되었는지 무척 궁금합니다.

─저도 궁금합니다.

변호사 입에서 나올 말이 아닌 것을 본인도 느꼈는지 씁쓸한 표정을 지었다.

─현 선생님께서 인터뷰를 더 진행해보시면 어떨까요. 저보다는 선생님께 더 편안하게 진술하는 거 같더군요. 이후 인터뷰 자료를 저에게 보내주시면 되고요.

―저야 좋죠. 사실 몇 번 더 인터뷰를 요청했지만 거절당한 상태라 재판 추이만 지켜보고 있었습니다.

―저도 열심히 설득해보겠습니다. 한옥인 씨는 반성문과 탄원서를 내자는 조언조차 거절하고 있습니다. 피고인으로서 방어는 권리입니다. 파렴치범이 아니라면 반성문과 탄원서는 상당히 효과가 있는데 전혀 행사하지 않고 있으니 답답합니다. 이대로 간다면 형량이 꽤 높게 구형될 수 있습니다. 살인자인 건 사실이잖아요. 그것도 두 명씩이나요.

변호사는 실수를 깨달은 듯 입을 다물어버렸다.

며칠 후 한옥인이 인터뷰를 수락했다고 변호사가 연락을 해왔다. 현은 자해 후 그녀가 어떻게 지냈는지 궁금한 게 많았지만 심리를 잘못 건드리면 또 인터뷰가 중단될까 싶어 조심스러웠다. 그녀의 얼굴은 전보다 편안해 보였다. 현이 좋아 보인다고 하자 정신과 치료를 받으면서 약을 복용했는데 잠을 많이 자고 식사도 잘해서 살이 쪘다고 말했다. 현이 소형 녹음기를 켜고 시작할까요,라고 말하자 그녀가 새둥지처럼 만든 손을 가만히 들여다보았다. 이상한 습관이다.

크리스찬 디올

회사 담장을 따라 심어진 감나무 이파리들이 붉게 물들어 아침 햇살에 반짝였다. 잔디는 눈치채지 못하는 사이 탈색을 시작했다. 스물여덟 해를 사는 동안 나는 어느 계절에도 익숙해지지 않았다. 계절은 한낮의 짧은 그림자처럼 왔다가 인기척 없이 흘러가버렸다. 이곳도 마지막이라고 생각하니 기분이 묘했다.

진명유는 필사를 하다가 나를 보고 고개를 까딱했고, 차장은 모니터를 보다가 굿모닝 했고, 부장은 늘 그렇듯 외근 중이었다. 서로 모르는 사람처럼 앉아 있는 차장과 진명유는 부조리극의 배우처럼 보였다. 이 연극에서 나는 어떤 역할을 맡고 있나. 내 정신이 더 훼손되기 전에 이곳을 떠나야 한다. 가방 안 파우치 옆에 붙어 있는 사직서를 들고 막 자리에서 일어나려는데 차장이 말했다.

―건 배틀은 없던 일로 하기로 했습니다. 우리 마음속에 어떤 폭력적인 짐승이 들어 있는지 실험해볼 흥미로운 기획이긴 했죠. 하지만 요즘은 잘못하면 눈 깜짝할 사이에 신상이 털리고

사회적으로 매장되는 게 현실인데 좀 무리가 있어요. 위험한 건 애초에 시작 안 하는 게 안전하죠. 특집 주제는 사장님과 제가 결정해서 진행하기로 했으니 지금부터 두 분은 신경 안 쓰셔도 될 거 같습니다.

나는 사직서를 든 채 엉거주춤 서 있었다. 안도감과 동시에 허탈감이 들었다. 진명유 또한 홀가분한 표정이 아니었다. 과거에도 미래에도 갖기 힘든 기회를 무리의 익명성을 핑계로 해볼 수 있었는데, 하는 허탈감이었다.

차장이 내 손에 들린 사직서 봉투를 가리키며 뭐냐고 물었다. 나는 쓰레기라고 말하고 그 자리에서 찢어버렸다. 차장이 의혹의 눈길을 떼지 않고 보더니 월급을 입금했다며 한 달 동안 고생 많았다고 말했다. 하루도 쉬지 않고 마라톤을 한 것 같은데 이제 수습 기간 세 달 중 한 달이 지났을 뿐이다. 진명유에게 첫 월급 턱으로 부모님께 무슨 선물을 할 거냐고 물었다. 자신은 이미 병원 다닐 때 첫 선물을 해드렸다며 엄마가 향수를 좋아해서 속옷 대신 향수 선물을 했다고 말했다. 향수도 나쁘지 않을 거 같다. 엄마 몸에는 늘 정육의 누린내가 배어 있었다. 이제까지 엄마 문갑 위에 향수가 놓였던 적은 없는 거 같다.

백화점에 들러 코가 얼얼해서 더 이상 향을 구분할 수 없을 때쯤 향보다는 병이 예쁜 향수로 골랐다. 유리병에 분홍 리본으로 포인트를 줘서 문갑 위에 올려놓으면 장식 효과도 덤으로 볼 수 있는 디자인이다. 환율이 올라서 생각보다 비쌌다. 시장 입구에 작은 꽃집이 있어서 퐁퐁 화분도 샀다. 이제 막 꽃이 피기 시작해서 꽃들이 환했다. 시장은 훨씬 얌전해지고 조용해졌다. 손님들보다 가게가 더 많은 것 같다. 재래시장 바로 입구에 대형마트가 들어선 뒤로 타격이 더 컸다. 세상의 규모가 커질수록 재래시장은 축소되고, 내 기억은 더 생생해졌다. 이상한 순환이다. 엄마는 뒷짐을 지고 가게 앞을 서성이다가 나를 보고 살짝 미소를 지었다.

—웬일이냐. 가게에는 코빼기도 안 비치던 애가. 회사는?

—지금 퇴근하고 오는 길.

—안 피곤해?

—조금.

—월급날 아직 안 됐냐?

—오늘이 월급날이야.

—그래서 우리 딸이 엄마 속옷 사가지고 왔구나.

엄마도 다른 엄마들과 다르지 않다. 떨어져 있을 때의 아련함이 몇 분도 지나지 않아 답답함으로 바뀐다. 엄마에게는 서바이벌 체제여서 한 명이 탈락할 것이라고 말했지만 내가 될 확률이 높다는 말은 하지 않았다. 그런 델 뭐 하러 다니냐는 말에는 잡지 편집을 월급 받아가며 배우는 건 절대 손해가 아니라고 말했다. 만약 세 달 후 내가 탈락된다면 월급이 너무 적어서 그만두었다고 말할 참이었다.

—자, 선물.

나는 퐁퐁 화분을 건넸다.

—뭐여? 책 맹그는 회사에 취직했다더니 꽃집에 취직한 거

여? 조심해라. 요즘에 취직시켜준다고 데려가서 장기 빼가는 세상이니.

엄마가 시큰둥하게 화분을 받았다.

—꽃말이 뭔지 알아?

—꽃 이름도 모르는데, 꽃말을 어찌 알아?

—꽃 이름은 퐁퐁이고, 꽃말은 진실한 마음이야. 엄마도 진실한 마음 좀 찾아보라고.

—효녀 났네.

—기대하시라. 이게 진짜 선물.

나는 가방에서 향수를 꺼내 재빨리 등 뒤로 감추었다. 엄마가 기대하는 눈빛으로 내 뒤를 흘끔 거렸다.

—향수야. 진실한 마음 찾으면 뿌리라고.

—지랄. 다 떨어진 빤스에 향수 뿌리면 뭐 해.

—다음 달에 월급 타면 빨간 빤스 사다줄게. 레이스 달린 엄청 야한 걸로.

엄마가 나를 살짝 흘겨보더니 향수를 손목에 뿌린 뒤 향을 맡았다.

—내가 좋아하는 아카시아 껌 향기네.

—뭐래? 아카시아 껌 백배나 주고 산 향수야. 어디 요즘에 잘 파는 데도 없는 천 원짜리 껌에 비교해.

—누가 뭐래냐? 좋다구.

—저녁 먹었어?

—먹었지. 지금이 몇 신데. 장사도 안 되고 해서 일찍 문 닫

고 들어가려던 참인데. 뭐 하나 시켜주리?

　—짜장면 맛있게 하는 데 있어?

　—짜장면이 다 거기서 거기지. 잠깐 기다려.

　월급날이라고 엄마가 특별히 주문한 쟁반짜장을 먹으며 도일에게 문자를 보냈다.

　〔건 배틀 취소됐어요. 너무 위험해서 없던 걸로 한대요.〕

　〔잘됐네요.〕

　〔그런데 걸리는 게 있어요. 잡지 발송한 지 꽤 지났는데 서점에는 그런 잡지가 없다고 하네요. 인터넷 검색해도 안 나오고, 그 잡지는 도대체 어디로 간 거죠?〕

　〔그걸 저한테 물으면 어떡해요. 잡지사 직원은 옥인 씨 아닌가요?〕

　〔하, 그렇죠……〕

　〔농담이구요. 아마도 원하는 사람들에게만 비공개적으로 팔았을 수 있어요.〕

　〔마케팅을 해도 모자랄 판에 힘들게 만든 잡지를 왜 비공개로 팔아요?〕

　〔여러 가지 이유가 있겠죠. 아마 트리거트리거 회원들한테는 배포했을 거예요.〕

　〔그렇군요…… 퇴근하셨어요?〕

　〔아직요. 오늘은 손님이 제법 있네요.〕

　〔퇴근 잘 하시고요. 안녕히 주무세요.〕

〔고마워요. 옥인 씨도 잘 자요.〕

사소한 저녁 인사가 누군가의 마음을 따뜻하게 데워준다는 것을 도일은 알까. 그날, 도일과 나 사이에 빗소리와 총이 있었던 날, 도일이 내 머리를 쓰다듬을 때 돋았던 마음을 생각하니 기분이 묘해졌다.

엄마는 자정이 다 돼 문을 닫았다. 쇠고리로 셔터를 내리는데 검붉게 녹슬어 사람 힘을 두 배로 빼앗았다. 중간에 철컥, 걸리면 엄마는 다시 꼭대기로 올렸고 다시 끌어내리다가 철컥, 하면 다시 처음부터, 세 번 만에 제자리에 물렸다. 엄마 가게를 마지막으로 어둠에 잠긴 텅 빈 시장을 나섰다. 엄마 손은 한겨울이 아닌데도 버석버석했다. 엄마는 인생 전체를 그런 방식으로 살아온 것 같다. 원하는 게 무엇인지 몰랐고, 알았다 해도 원하지 않은 척한 인생.

—오늘은 엄마 집에서 자고 갈래.

—엄마 집이 뭐야. 독립했다고 벌써 니 집 내 집이냐? 시집 가기 전까지는 엄마 집이 니 집이지.

—알았어요. 오늘은 집에서 자고 갈게.

—근데 여자애 방이 그게 뭐냐. 완전 쓰레기통이더만. 엄마 가 가서 청소 좀 했다.

—언제?

—니 방에 화과자 있던데, 그러니까 그때가 언제냐?

—안 돼!

나도 모르게 소리를 질렀다. 엄마가 그걸 먹으면 괴물로 변신할 거 같았다.

—뭐가 안 돼?

—먹으면 안 된다고.

—자식 키워놔봐야 다 소용없네.

엄마가 노골적으로 서운한 표정을 담았다.

—그거 유통기한 지난 거야. 상했어.

—이미 먹었다. 맛만 있더구만 뭐.

엄마가 음미하듯 입맛을 다셨다.

—가게 좀만 일찍 닫으면 안 돼? 손님도 없구만.

—에효, 이제 가게 그만두려고. 대형마트 생긴 뒤로 장사가 더 안 돼. 보증금도 거의 까먹고. 마침 여기 재래시장이 리모델링 들어가서 이참에 가게 내놨어. 권리금도 제대로 못 받게 생겼지만 어쩌겠니. 다른 장사를 시작할 엄두도 안 나고. 난 세상이 두렵지 않은 적이 한 번도 없었다. 60년 넘게 세상을 살았지만 아직도 세상 사는 법을 잘 모르겠어. 너 졸업하고 취직할 때까지만 버티자 했는데 우리 딸 취직도 했으니 맘 놓이고.

엄마가 가게를 그만두는 게 내가 이 회사에 붙어서 살아남아야 하는 핑계가 되는 건지, 아니면 그러니까 그만두고 빨리 비전 있는 회사를 찾아봐야 하는 건지 진짜 내 마음을 알 수 없었다.

비 올 확률

지하실에 내려가 모든 잡지를 갈피마다 뒤적여보았다. 어떤 흔적도 없었다. 김수정의 낙서가 있던 잡지마저 보이지 않았다. 누군가 새 책으로 바꿔치기한 것 같았다. 뭔가 숨기려고 하는 것 같아 더 수상했다. 구석구석 살피던 중 책장과 책장 사이의 좁은 공간에 끼어 있는 작은 상자를 발견했다. 회사 초기에는 원고지에 기사를 쓰기도 한 모양인지 육필원고가 들어 있었다. 누렇게 뜬 공책에는 순두부찌개, 커피, 종이컵 등의 비품을 산 영수증이 붙어 있었다. 지금 사용하는 필사 노트와 똑같이 campus라고 쓰인 필사 공책도 있었다. 육필원고와 글씨체가 같았다. 김수정일 것이다. 중간에 끼적거린 의미 없는 그림이나 오늘 마감, 또 날밤 새워야 하나, 따위의 낙서들도 있었다.

나는 김수정의 마음이 이해되었다. 차장과 단둘이 앉아 매일 백 번의 폭력 기사들을 필사하고 서점에도 깔리지도 않는 잡지를 발송하고, 느물거리는 부장과 치타 같은 명사수 차장과 함께 사장의 타운하우스에 가서 총을 쏜다. 한 달밖에 안 된 나도 지

치는데 김수정은 2년 정도를 반복한다. 그리고 결국 살해당했다고 생각하니 울컥하는 마음이 들었다. 이번에는 우아하게 계단 위로 올라와 스위치를 껐다.

—명유 씨, 혹시 트리거트리거라는 카페 알아요?

《건의 세계》를 동시번역 하다가 나를 올려다보는 진명유의 표정이 일그러졌다고 생각한다. 짧은 시간 동안.

—알고 있어요. 저도 거기 회원이에요.

그녀가 너무 쉽게 자신의 정체를 밝혔다. 내 시나리오대로라면 진명유와 차장이 같은 패거리이고, 진명유는 자신이 그곳의 회원이라는 것도, 차장과 아는 사이라는 것도 부인해야 한다.

—차장님이 거기 마스터라면서요?

—맞아요. 차장님이 편집자 한 명 구한다고 관심 있는 사람은 지원해보라고 공지를 올렸어요. 이왕이면 우리 카페 회원이 뽑혔으면 좋겠다고요. 그런데 또 다른 사람이 합격해 있을 줄은…… 혹시 제가 차장님 빽으로 낙하산 탔다고 생각하는 거예요?

—그럼 김수정 씨, 아니지, 아이디가 장미총이라는 분도 아시겠네요? 그분이 살해당한 것도요?

—저는 그 사건 이후에 가입해서 그 여자 잘 몰라요.

—거기 회원이었다면서 왜 모르세요?

—옥인 씨, 참 오지랖도 넓네요. 왜 타인의 죽음에 관심이 많은 거죠? 그것도 일종의 관음증이라는 생각 안 해봤어요?

—김수정이라는 사람이 이 회사에서 건 배틀을 벌인 후 살해당했다는 얘기를 들어서요.

─그 얘긴 어디서 들었죠?

─어디서 들은 게 중요해요?

─그건 음모예요. 어떤 조직이든 그 조직을 깨려는 무리들이 루머를 만들어내죠. 그래서 우리 조직을 이간질하고 파괴시키려는 사람들을 대대적으로 숙청시켰대요.

도일도 숙청의 칼날에 떨어져나왔다. 내가 그동안 좇았던 김수정이라는 실체가 음모론으로 결정이 났다. 만약 그 카페가 이상한 곳이라면 진명유가 순순히 밝히지 못했을 것이다. 설마 도일이 순수하게 나라를 사랑하는 정의로운 카페를 음해하는 세력일까.

차장이 외주업체에서 돌아오자마자 나를 향해 왜 김수정 뒤를 캐고 다니느냐고, 무슨 의도가 있느냐고, 트리거 카페는 어떻게 알게 된 거냐고 소리를 질렀다. 조금 전 진명유와 둘이 이야기를 나눴는데 그사이 전화로 차장에게 일러바친 것이다. 아니면 이곳에 몰래카메라가 설치되어 있거나.

─특집을 준비하다가 검색해서 알게 된 것뿐이에요. 그런데 그 카페 정말 괜찮은 데예요? 도일의 존재를 밝힐 수는 없다. 김수정이 죽은 후 누군가가 도일을 미행했고, 납작 엎드려 있으라고 협박을 했다. 도일은 내가 편집장과 한패가 아니라는 것을 어떻게 믿느냐고 했다.

─괜찮다, 안 괜찮다, 하는 건 어떤 기준인 거죠? 그리고 누가 정하는 거죠?

진명유가 차장 편을 들어 공격했다. 2대1이다.

―제가 질문을 잘못했네요. 질문을 바꾸죠. 그 카페는 안전한 데인가요?

　―안전하지 않은 카페도 있나요?

　―우울증을 부추겨서 자살하게 만드는 자살모임 카페 같은 데는 안전하지 않죠. 트리거 카페도 지나치게 폐쇄적이던데 지금은 아예 폭파되었더라고요. 참, 저희 잡지 비매품인 거 알고 계세요?

　―정확히 말하면 비매품이 아니라 원하는 사람한테만 파는 거죠.

　―자본주의 사회에서 잡지를 힘들게 만들어서 원하는 사람한테만 판다는 것 자체가 이해가 안 가는 상황 아닌가요?

　―더 큰 뜻이 있어서죠. 교통사고로 인한 사망률이 총기 사망률보다 훨씬 높은데도 사람들의 인식이라는 것이 얼마나 터무니없이 미신적이고 불합리한지. 총 잡지라고 하면 학생들에게 유해한 잡지라고 폐간 압력이 들어올 수 있어요. 특히 우리 잡지는 폭력적인 내용이 많아서 여론의 뭇매를 맞을 수 있고요. 대중들의 장단을 다 맞춰줄 필요는 없다고 봐요.

　―명유 씨는 왜 고양이 건 배틀을 제안했나요? 고양이 내상도 있으시고 그 내상 때문에 좋은 직장도 그만두고 지금 이 자리에 있는 건데요. 회식 때 말씀하셨던 것처럼 상처를 직접 헤집어 암세포를 잘라내고 깨끗한 거즈로 드레싱을 하기 위해서인가요? 새살이 돋을 수 있도록?

　―그런 것도 있지만 대의를 위해서예요.

―대의요?

―그 정도로만 해두죠. 저는 동물학대를 반대하는 사람이지만 의료 목적처럼 대의를 위해서라면 받아들여야 한다는 입장이에요. 불치병 치료를 위해 실험쥐에 암세포를 주입하는 걸 우리가 동물학대라고 하지는 않잖아요.

―대의의 기준은 뭐고 누가 결정하는 거죠?

나는 조금 전 진명유의 말투를 모방했다.

―자유의지겠죠.

차장의 말에 웃을 뻔했다. 고등학교 윤리 시간 이후로 들어본 적 없는 단어였다.

―우리가 일제강점기에 살고 있다고 쳐요. 어떤 사람은 독립운동을 할 것이고, 어떤 사람은 일본의 근대화를 받아들이자고 하겠죠. 비록 식민지라는 굴욕적인 상황이긴 해도 비누조차 없는 우리나라에서 일본의 절반만큼이라도 잘살기 위해 근대화를 받아들이자는 사람들 입장에서 보면 그게 애국심인 거죠. 지금 시각에서는 매국노지만 그 사람 입장에서 보면 대의인 거죠. 오히려 대책 없이 독립운동 한답시고 민중들 충동질하고 입만 떠벌리는 애국심은 일본에게 경각심만 일으켜서 좋을 게 없다고 봤다는 거예요. 결국 어떤 게 대의냐는 해석은 시대마다 다르고 개인마다 다르기 때문에 개인이 스스로 책임질 수 있는 자유의지라고 말한 거예요.

―그 말은 차장님은 일제강점기를 우리나라가 근대화를 받아들인 좋은 기회였다고 옹호하는 입장인 건가요?

―옥인 씨랑 무슨 말을 못하겠네. 내가 그런 입장이라기보다 사람마다 생각하는 게 다르고, 자신이 옹호하는 입장이 있는 거고, 그 입장이 어떤 것이건 그 결과는 개인이 책임져야 한다는 이야기예요.

―총기 소지 허용도 그럼 자유의지와 관련 있나요?

―물론이죠.

진명유가 목소리를 높이자 차장이 손짓으로 다독이며 말했다.

―강대국들 간의 힘의 균형이라는 건 이론으로만 가능할 뿐 현실에선 불가능합니다. 힘의 균형을 유지하려고 노력할 뿐이죠. 마지막 떨어진 한 방울의 물로 균형이 깨져서 전쟁이 일어나는 겁니다. 우리는 그 마지막 한 방울의 위험성을 인식하고 미리 대비하자는 것뿐입니다. 결국 어떤 게 대의냐 하는 것은 시대마다 개인마다 생각하는 게 다르기 때문에 개인이 스스로 책임질 수 있는 자유의지의 선택이라고 말한 거예요.

시대마다 상황마다 가치가 다르다면 절대적인 가치란 있을 수 없게 된다. 그렇다면 비 올 확률 60퍼센트와 20퍼센트가 뭐가 다른가.

―일본은 자위대를 운용 중이고, 그런 일본과 중국은 영토를 놓고 냉전 중이고, 러시아는 옛 소련의 영화를 되찾기 위해 크림반도를 침공하고 우크라이나와 전쟁을 벌이고 있어요. 언제든지 국지전이 벌어질 준비가 되어 있는 화약고 중동지역은 말할 것도 없지요. 지금은 비등점에 다다랐어요. 지금이 1, 2차 세계대전의 패권주의가 막 팽창하던 시기의 군비와 비슷하다는

통계도 있어요. 그 틈바구니에 끼어 있는 이 작은 나라가 끓어 넘치기 전에 선택할 수 있는 건 많지 않아요.

모든 것이 원점으로 돌아갔다. 내가 의혹을 가지고 있었던 것들이 어떤 논리 앞에서 아무것도 아닌 것으로 판명되었다. 그들이 논리로 무장하면 논리가 아닌 것으로 공격하면 된다.

—김수정, 아니 장미총이라는 분이 건 배틀에 참여한 후 살해당했고, 아직 범인도 안 잡혔다던데 그 카페와 연관이 있나요? 그 카페의 마스터가 차장님이라면서요?

—도대체 그런 말도 안 되는 소리를 어디서 주워들은 건가요?

차장이 평소의 냉정함을 잃고 싸늘하게 노려보았다. 도일은 차장에게 광기가 있다고 했다.

—트리거트리거에서 어떤 분을 만났어요. 위험한 카페라고 하더군요. 병적인 모임이라고요. 나라의 힘을 키워야 한다는 명분을 내세워 사회적 약자들을 나라를 갉아먹는 벌레들에 비유하고 그러면서도 자신들의 돈벌이를 위해서는 불법도 용인하는 입장이라고요.

—아이디가 도일이라는 분 아닌가요?

차장이 진명유의 팔을 붙잡았지만 진명유가 뿌리치고 나에게 바짝 다가서며 말했다.

—그거 아세요? 도일이라는 분하고 김수정이라는 여자가 사귄 거요. 도일이 헤어지자고 한 날, 기분 풀 겸 잠실 쇼핑몰에 가서 혼자 술이 떡이 되게 마시고 화장실에 갔다가 제 몸도 못 가누는 상태에서 사고당한 거요. 옥인 씨도 마티스라는 와인바에

갔나요? 도일이 총을 보여주던가요? 그거 다 가짜 총이에요. 여자들을 꼬시기 위한 거라고요. 그 사람이 하는 말 다 거짓말이라고 보면 돼요.

설마. 조금 전 지하실 상자의 노트에 쓰여 있던 김수정의 낙서가 떠올랐다. 외로움과 괴로움이 절절하게 기록된 낙서였다. 도일은 그런 김수정을 이용했다. 나 또한 외로웠다. 그래서 도일의 친절과 배려와 위로에 금세 빠져들었다.

도일에게 문자를 몇 번이나 보내려다 지우고, 또 보내려다 지웠다. 진명유가 거짓말을 하고 있는지 도일이 거짓말을 하고 있는지 판단을 내릴 수 없었다. 도일은 정체불명의 남자들로부터 협박당했다고 했다. 그렇다면 지금 차장이나 진명유의 말을 전적으로 믿기보다는 도일에게 확인해볼 필요가 있다. 전제가 거짓이면 결과도 거짓이다. 도일이 김수정과 사귀었고, 김수정이 실연의 충격으로 술을 마신 상태에서 사고를 당했다면 김수정이 건 배를 때문에 죽었다는 것도, 이 회사가 위험하다는 것도 모두 거짓말이 된다.

〔김수정과 사귀었다면서요.〕
〔결국 알게 되었군요. 우리 만나요. 전부 다 말할 테니까요.〕

이래서 드라마의 모든 등장인물들이 화를 내는 거구나. 나는 도일에게 얼마만큼의 호감이 있었나.

이성으로서의 호감 — 30퍼센트

트리거트리거에서 보여준 문제의식 — 20퍼센트

나에 대한 호의적인 태도 — 20퍼센트

정성들여 와인바를 운영하는 성실한 모습 — 20퍼센트

그는 비가 오지 않을 확률 90퍼센트였다. 웬만해선 틀리지 않을 확률이었다. 그래서 우산을 준비하지 않았는데 뇌우가 쏟아졌다. 나는 드라마의 주인공이 되고 싶지 않아 도일의 SNS 계정을 모두 수신 거부한 후 삭제했다.

마지막 한 방울의 물

몇 명의 남자들이 떠들썩하게 들어섰다. 좁은 사무실이 가득 찼다. 남자들은 차장의 인솔하에 2층으로 올라갔다. 잠시 후 진 명유가 문자를 확인하더니 사장이 올라오라고 했다며 자리에 서 일어섰다.

—저분들 아는 분이세요?

—제가 어떻게 알아요? 옥인 씨 정말 사람 짜증나게 하는 거 알아요? 끝도 없이 의심하고 집요하게 물고 늘어지고. 어떨 때 보면 무서워요.

—제가 무섭다고요? 저는 그런 말 태어나서 처음 들어봐요.

—옥인 씨가 듣기 좋은 말만 듣고 싶어서 바른말 해주는 사람 을 피했거나 옥인 씨가 무서워서 아예 그런 말을 안 한 거겠죠.

사람들은 자신의 부정적인 이미지를 상대방에게 투사한다. 내가 진명유에게 하고 싶은 말을 진명유가 나한테 하고 있다. 한참 지나 진명유가 굳은 표정으로 내려오더니 사장님이 부른 다고 이번엔 나더러 올라가보라고 했다. 2층 거실에는 손님들이 모여 다양한 총들을 살펴보며 유쾌하게 한담을 나누고 있었다. 색색깔의 화과자 껍질이 널려 있었다. 달달한 화과자 향이 좁고 어두운 복도에 가득 떠다니고 있었다.

사장실에 들어가니 사장과 차장도 나란히 앉아 화과자를 먹고 있었다. 두 남자의 은밀한 행위를 목격한 듯 숨이 막혔다. 차장이 화과자를 먹는 모습도 사장과 유사했다. 화과자라는 게 누구든 먹는 모습만 떼어서 보면 똑같은 건지, 차장 또한 사장실을 들락거리다 사장의 패턴을 모방하게 되었는지 모르지만 120킬로그램 거구의 사장과 60킬로그램도 안 되는 차장이 화과자를 먹는 모습이 신기할 정도로 닮아 있었다. 내가 침대에 걸터앉아 화과자를 먹던 모습도 이들과 똑같을지 두려웠다.

사장이 마지막 화과자를 몽땅 입에 넣고 삼킨 뒤 물티슈로 손을 닦았다. 손가락 사이를 꼼꼼히 닦는 모습을 차장과 내가 조용히 지켜보았다.

—어떻게 말해야 하나, 오해의 소지가 다분해서 좀 조심스럽군요.

예상대로 세 달도 못 채우고 진명유와의 경쟁은 끝나는구나. 내가 사장이라도 사기꾼 도일의 말만 듣고 회사 뒤를 캐고 다니고, 서바이벌이다 뭐다 해서 공연히 진명유를 피곤하게 만드는 나를 제거해버림으로써 안전하게 가고 싶겠지.

—건 배틀, 비밀만 보장된다면 해보는 것도 나쁘지 않을 거 같단 말이죠. 옥인 씨가 제안했는데 우리끼리만 추진하는 것도 예의가 아닌 거 같아서 말하는 거예요. 옥인 씨가 참여하고 싶

지 않다면 억지로 시키지는 않아요. 그럴 경우 입을 다물어줄
정도의 양식은 있겠죠?

　―진명유 씨는 뭐……던가요?

너무 긴장해 화과자 한 개를 통째로 삼킨 듯 묵음이 되었지
만 사장은 용케 알아들었다.

　―해보자고 한 사람이 진명유 씨입니다. 위험성은 분명히 있
지만 진명유 씨가 디테일한 부분까지 치밀하게 짜온 계획대로
라면 문제없을 거 같아 시도해볼 만하다고 결론을 내렸어요.

다들 위험하다고 닫아버린 뚜껑을 그녀가 다시 열었다. 나의
시선은 희미하게 떠도는 화과자의 달달한 향을 좇아 허공 어딘
가를 배회하고 있었다. 차장이 그런 나를 불렀다.

　―옥인 씨, 하겠어요? 빠지겠어요?

　―저도 하겠습니다.

　―좋습니다. 환영합니다. '기록하는 자'와 '쏘는 자' 중 원하
는 것을 선택하면 됩니다.

2층 거실의 손님들은 여전히 즐거운 표정으로 한담을 나누
고 있었다. 이 손님들이 온 것도 건 배틀을 하기 위해서였다. 나
는 삐걱거리는 계단 소리는 안중에도 없이 쿵쿵거리며 1층으로
내려왔다. 진명유는 뻔뻔하게 시침을 떼고 필사 중이었다.

　―그 특집 기획요, 명유 씨가 다시 하자고 했다면서요?

　―나쁜 새끼들이. 내가 옥인 씨는 배제하자고 했는데. 제가
사장님께 말씀드릴게요. 옥인 씨는 빠지세요.

티라미수 케이크처럼 부드러울 것 같은 그녀의 입에서 터져

나온 욕은 이 삐걱거리는 낡은 구옥과 거실 창으로 보이는 화려하게 단풍 든 나무처럼 어울리지 않았다.

—왜요? 다들 하시기로 한 거잖아요. 왜 나만 빼고.

영어 좀 하고, 일어 좀 하면 다야? 겨우 나보다 몇 살 많으면서 세상 다 산 듯이, 나를 기저귀 찬 애기 취급하는데 울컥했다.

—후회 안 할 자신 있어요?

네,라고 말하는 순간 나는 이미 후회하고 있었지만 이상한 허탈감 같은 건 희미해졌다. 도일과 그렇게 끝나지 않았다면 건배를 거절했을까. 그건 누구도 알 수 없다.

***

둘이서만 순두부찌개 가게에 온 건 처음이었다. 차장은 사장과 손님들을 모시고 나갔다. 진명유가 한 수저 뜨다 말고 아까 화내서 미안하다며 사과를 했다. 나는 이 똑똑한 여자가 나를 추궁하지 않고 먼저 사과를 하는 것에 마음이 확 풀어져 조갯살을 꼼꼼히 발라먹었다. 같은 순두부찌개라도 매일 맛이 다르다. 계량된 재료가 아니고 주문을 받으면 주방장이 감으로 용량을 넣기 때문에 미묘한 맛의 차이가 나는 건지, 아니면 정량의 레시피가 있음에도 그날의 내 기분에 따라 달라지는 건지 모르겠다. 이 사실이 진리처럼 느껴졌다. 세상은 정량의 레시피대로 움직이는데 나만 늘 맛이 다르다고 투덜댄 게 아닌가 하는.

—아니에요. 제가 죄송하죠. 여기저기 쑤시고 다니고.

—제가 옥인 씨 같았어도 이 회사가 이상하다고 생각했을
거 같아요.

진명유가 화해의 선물인 것처럼 자신의 조개를 내 밥뚜껑에
놓았다.

—명유 씨는 조갯살 왜 안 드세요?

—모래 씹히는 게 싫어요.

—요즘은 해감을 잘해서 모래 없던데.

—많이 드세요.

엄마가 쓰레기통이라고 했던 내 방과 달리, 진명유의 방은
먼지 한 톨 없는 깔끔한 방일 거 같다. 모델 하우스처럼 사용하
지 않은 인덕션, 하얗고 보송한 호텔식 침대 커버, 기초 스킨케
어 제품 몇 개만 놓여 있는 단정한 화장대, 문을 열면 비누와 샴
푸 향이 나는 건식 화장실. 거기에서 생각을 멈췄다. 왜 나는 타
인에게는 관대하면서 나 자신은 깎아내리지 못해 안달하는 걸
까. 이게 자존감이 낮은 사람들의 특징이라고 들었던 거 같다.
진명유도 집에 들어가자마자 옷을 벗어던지고, 화장실은 곰팡
이 냄새가 진동하고, 개수대에는 라면 국물이 고인 설거지가 쌓
여 있을 수 있는데.

—사장님이 엄지 뼈가 돌출된 사람은 손재주가 많다고 하더
라고요.

진명유가 내 손을 물끄러미 보더니 말했다. 분명 사장이 내
손을 두고 총에 최적화된 손이라고 말했을 텐데 나에 대한 칭
찬을 인정하고 싶지 않아 '손재주'로 평가 절하하고 있다. 내가

진명유한테 전전긍긍했듯이 이제는 진명유가 내게 전전긍긍하는 것일까.

　—명유 씨는 기록하는 자로 참여할 거예요? 쏘는 자로 참여할 거예요?

　—아직 결정 못했어요. 옥인 씨는요?

　—저도 아직요. 근데 왜 건 배틀을 다시 제안하신 거예요?

　—한 방울의 물 같아요. 나 자신을 계속 실험하고 있어요. 과연 마지막 한 방울의 물이 언제 떨어질지.

　나에게 한 방울의 물은 무엇일까. 나를 최종적으로 행동하게 만드는 것은 무엇일까.

걸리지만 않으면 불법이 아니다

건 배틀은 처음 내가 제안했던 내용에서 대폭 수정되었다. 포획한 길고양이를 목표물로, 공기총을 가지고 건 배틀을 하기로 했다. 실제 살상이 가능한 상황이라 잡지에는 싣지 않을 계획이었다. 특집 기획이지만 특집이 아니라는 얘기다. 차장 말대로 정보화 시대에 기록으로 남으면 그건 더 이상 비밀이 아니다. 돌보다 무거운 입을 가진 소수의 손님을 초대하기로 했다. 장소는 경기도에 있는 폐놀이공원으로 결정되었다. 사람들 내왕이 없는 숲속이라고 해도 혹시 모를 상황에 대비해 방음 문제를 거론해보았지만 방음벽이 완벽히 갖춰진 곳이라 신경 쓰지 않아도 된다고 했다. 사장의 치밀함에 감탄했다.

퇴근하는데 허기로 쓰러질 거 같았다. 도일과 진명유의 스파링 파트너를 한데다 건 배틀이 결정되었고, 참석할 거물급 사람들도 회사를 다녀갔다. 프로라 해도 역부족일 텐데 나는 아마추어였다. 달고 배부른 것을 먹고 푹 자고 싶었다.

마트에서 새싹과 파프리카 등이 담긴 샐러드 팩과 키위 드레싱을 담았다. 홍차가 다 떨어져 립톤 홍차도 담았다. 사과를 집으려다 사과는 겨울 내내 지겹게 먹을 거라서 네 개 들이 앨버트 복숭아를 망설임 없이 담았다. 끝물이라 비쌌지만 옅은 주황빛이 도는 복숭아의 색감은 보는 것만으로도 기분이 좋아졌다. 나는 가끔 엉뚱한 곳에 큰돈을 지출한다. 정신과 의사라면 자기방어라든지 투사라든지 전문용어를 써가면서 내 행동을 분석하겠지만 나는 그저 소소하지만 비싼 소비로 내 노고를 위로하고 싶은 것뿐이다.

양파와 마늘을 볶다가 얇게 저민 소고기를 넣었다. 간장 양념을 끼얹고 참기름을 둘렀다. 채소를 깨끗이 씻은 후 키위 드레싱을 뿌렸다. 큰 접시에 밥과 고기와 샐러드를 담아 양껏 먹었다. 후식으로 한 입 베어물 때마다 단물이 줄줄 흐르는 복숭아를 두개나 먹어치웠다. 입안에 퍼지는 달콤한 향기와 부드러운 과육은 고단함을 날려버리고 힘을 보상해주었다. 여전히 형광등 반쪽은 먹통이 든 채 꺼져 있었지만 배도 불렀고 살짝 열어놓은 창문으로 들어오는 초겨울의 밤공기도 청명했다. 내게 몰아닥칠 운명을 뒤로 한 채 오랜만에 불안 없는 포만감을 느꼈다.

침대에 누워 다운받아놓았던 영화 〈폭력의 역사〉를 보았다. 엔딩 크레딧이 올라갈 때는 가슴이 먹먹해졌다. 주인공 비고 모텐슨이 조직원을 총으로 쏴 죽이는 이유는 주인공 개인의 문제가 아니라 외부에서 발현된 위험으로부터 자신의 가족을 보호하기 위해서였다. 나라면 가족을 위해 내 목숨을 걸 수 있을까. 그 숭고한 이유를 위해 목숨을 거는 주인공은 너무 정당하고 정의로워서 캡처한 그의 얼굴을 노트북 바탕화면에 깔아두게 만들었다. 중고등학생 때도 연예인을 좋아하는 애들이 이해되지 않았는데 지금은 그 마음을 알 것 같았다.

비고 모텐슨의 다른 영화를 보다가 깜빡 잠이 들었다. 요란한 벨 소리에 눈을 떴다. 비몽사몽인 상태에서 현관문을 열었다. 눈앞에 부장이 서 있었다. 너무 놀라 처음에는 그가 누군지 인식조차 하지 못했다. 아이쿠, 요즘 세상에 강도라도 당하시면 어쩌려고 문을 벌컥 여시는 겁니까. 부장은 그렇게 말하면서도 이미 발 한 짝을 현관에 들이밀었다. 시계를 보니 자정에 가까운 시간이었다. 나는 그가 이 시간에 우리 집 주소를 알고 느닷없이 찾아온 것도, 살짝 술 냄새를 풍기는 것도 기분이 나빴다.

부장은 언뜻 보면 호인 같았다. 웃는 상이어서 무슨 실수를 해도, 무슨 말을 해도 잘 받아줄 것 같지만 몇 마디만 나눠봐도 발가벗겨지는 기분이 들었다. 내 기분까지 그가 마음대로 제어할 것 같은 불쾌함이었다. 그는 모델하우스를 구경하듯 집 구석구석을 꼼꼼히 살폈다.

—역시 아가씨 방이라 화분 같은 것도 있구, 참 분위기 따스하네요. 우리집에 가봐야 청국장 냄새나 꾸리꾸리하게 나지, 원.

부장이 꽃은 이미 다 지고 이파리들도 시들기 시작한 퐁퐁화분을 보고 말했다.

—문을 바로 열어주는 걸 보니 누가 오기로 하셨나보네요. 애인?

—엄마가 곧 오실 거라서요.

엄마는 오늘도 자정까지 오지 않는 손님을 기다리다가 썰렁한 빈집에 들어갈 것이지만 엄마를 핑계로 대야 부장이 일찍 돌아갈 거라 기대하고 '곧'을 강조했다.

—시간 오래 뺏지는 않을 겁니다. 우리가 서로 한국말을 알고 있는 정상적인 성인이라면 어머님이 오시기 전에 후딱 끝낼 수 있는 클리어하고 분명한 이야기입니다.

부장의 말은 상당히 논리적이었다. 술 마시고 엉뚱한 짓을 하려는 건 아닌 거 같아서 그나마 마음이 놓였다. 부장은 내가 권한 방석에 헛기침을 하듯 주저앉았다. 그가 이를 드러내고 웃자 눈가에 짙은 주름이 잡혔다. 오랫동안 훈련해서 만든, 그를 호인으로 만들어주는 데 일조하는 미소와 주름이다.

—쌩큐입니다. 제가 갑자기 찾아와서 좀 놀라셨죠?

—네.

—우리 옥인 씨 정말 솔직한 건 알아주셔야 해요. 거기 그렇게 무릎을 꿇고 앉아 있으니 제가 부담스럽네요. 마치 1분 안에 끝내야 할 것 같아서요.

—습관이 돼서 괜찮습니다.

내가 무릎을 꿇음으로써 그가 1분 안에 이 집에서 나가준다면 다리에 쥐가 나고 마비가 와도 상관없다.

—아리따운 두 신입사원분이 쿵짝이 맞아서 건 배틀을 제안하셨다면서요. 너무 당돌한 기획이라 도저히 제 상식으로는 이해불가한 상황이었습니다. 요즘 세상이 막나간다는 것은 잘 알

고 있지만요. 아, 뭐 기분 나쁘라고 하는 말씀은 아닙니다. 사실 광화문 네거리에서 길을 막고 물어보십시오. 분명 절반 이상은 자신의 신분이 익명으로 보장된다면, 앞으로 인생을 살아가는 데 아무런 지장을 주지 않는다면, 한 번의 해프닝으로 질러볼 만한 일이죠. 근데 말이죠…….

부장이 입맛을 다시며 말을 멈췄다. 나는 잔뜩 긴장해서 부장의 입만 바라보았다.

—혹시 마실 거 없나요?

—아, 죄송합니다. 제가 좀 정신이 없어서요. 커피, 홍차 어떤 걸로 드릴까요?

—이왕이면 홍차가 좋겠네요. 비록 홍차로 유명한 영국은 발뒤꿈치도 구경을 못해봤지만요. 어머니가 늦으시네요. 일 보러 가셨나요?

—장사하세요.

—저희 어머니도 장사를 하셨습니다. 작은 국수 가게였죠. 요즘에야 국수 한 그릇에 5~6천 원 하지만 제가 어렸을 땐 몇백 원 안 했습니다. 아주 싼 음식이었죠. 그래도 그걸로 저희 오남매 다 키우시고 살만하니까 몇 년 전 암으로 돌아가셨습니다. 지금도 길을 가다가 멸치 육수 냄새가 나면 국숫집으로 들어가고 싶어진다니까요. 어머니와 이렇게 단출하게 사시는 걸 보니 제 어린 시절이 떠오르네요. 지금은 집에 가봐야 마누라와 애새끼들 등쌀에 잠시도 쉴 틈이 없죠. 당장 회사를 때려치우고 싶어도 내가 돈을 안 벌어오면 나를 쓰레기 취급할 게 뻔하니 꾸

역꾸역 다니는 거죠. 이 회사에 오기 전에는 정말 쓰레기 같은 회사에 다녔어요. 환경미화원을 하는 게 마음 편할 지경이었다니까요. 요즘은 환경미화원이라는 점잖은 말을 쓰지만 그게 정말 환경을 미화하는 겁니까? 아닌 말로 쓰레기 치우는 사람이 더 정직한 표현 아닙니까?

나는 부장 앞에 쟁반을 내려놓고 이번엔 좀 더 편한 자세로 앉았다. 내가 무릎을 꿇고 불편하게 앉아 있다고 해서 절대로 일찍 돌아갈 종류의 인간이 아니다. 불길한 예감이지만 이 남자는 국수 가게니 환경미화원이니 엉뚱한 넋두리를 늘어놓으며 내 정신을 혼란스럽게 하다 곧 본색을 드러내 자신이 하고 싶은 말을 관철할 사람이다. 시중에 팔리지도 않는 전문잡지의 광고를 따내기 위해 얼마나 문전박대를 당했을까. 그러니 자신이 갑인 상태에서 나 같은 풋내기를 상대하는 것쯤은 식은 죽 먹기일 것이다. 나는 초등학교 입학식 날 그 사실을 알아차렸다. 세상의 그물에 걸려들어 파닥거릴수록 점점 더 나를 옥죄는 사람들이 세상을 지배할 것이고, 나는 그물망에서 벗어나려 애쓰리라는 것을 깨닫고 기를 쓰고 제도권으로 들어가길 거부했던 것이다.

—아유, 향이 끝내주네요. 이런 귀한 차는 참 오랜만에 대접받아봅니다. 광고주들을 만나러 가면 얼마나 푸대접을 하는지. 그렇게 체면 구기고 번 돈을 땅 파면 나오는 돈인 줄 알고 마누라는 기마이를 펑펑 쓰고…….

1+1으로 산 싸구려 립톤 홍차를 귀한 차 어쩌구 하면서 상

대를 추어올리는 것도 그가 이제까지 버틸 수 있었던 처세술의 하나일 것이다. 후루룩 소리를 내며 면치기를 하듯 차를 마시는 모습이 그와 잘 어울렸다. 다도에 근접한 우아한 모습으로 마셨다면 오히려 어색했을 것이다.

—얼마 전에 사장님이 내놓은 차는 정말 끝내주더군요. 영국 황실에서 마시는 차랍니다. 사장님의 인맥은 글로벌합니다. 두 아드님도 훌륭하게 키우셨지요. 사장님은 단순히 가문의 영광을 되찾으시려는 게 아니라 이 나라의 영광스러운 미래를 위해《건》을 창간한 겁니다. 저는 그런 사장님을 보필하는 심부름꾼이고요. 자, 이제 정말 옥인 씨를 찾아온 본론으로 들어가죠. 음……, 사실은 한 가지 부탁을 하려고 왔습니다.

그가 본색을 드러냈다. 입이 바짝 말라서 차를 마시고 싶었지만 찻잔을 들었다가는 손이 떨리는 꼴을 그에게 들킬 것 같아서 침만 꼴깍 삼켰다.

—물건을 하나 받아오면 될 거 같습니다.

드디어 정체를 드러내는구나. 퍼뜩 떠오르는 건 마약 심부름이었다.

—약 같은 건 아니니까 안심하세요.

부장은 사람의 마음을 들여다본 것처럼 말했다.

—총기를 받아오시면 되는 겁니다.

약이나 총이나 위험한 걸로 따지면 다를 바 없다.

—총 인수는 합법적인 거니까 경찰과 연루될 일은 없을 겁니다. 예전 같았으면 물건을 받아오는 게 까다롭지 않았을 텐데

최근 상황이 나빠졌습니다. 러시아는 불법 무기 거래가 활개를 치는 곳이죠. 부산은 합법적으로 러시아 무기를 세탁할 수 있는 매력적인 루트였고요. 그런데 최근 부산 시내 한복판에서 러시아 사람이 살해당한 뒤 경계가 삼엄해졌습니다. 그 작자는 사할린 국경수비대 책임자를 살해한 혐의로 쫓기는 인물이었어요. 원래 수산물 밀수를 주로 하면서 슬쩍슬쩍 마약과 무기 밀매를 하는 자인데 국경수비대 책임자가 청소를 시작하자 보복 살해한 것이죠. 그 뒤 부산으로 도피했는데 러시아 본토 마피아 조직이 지네들 아래로 붙으라는 걸 거부하자 제거한 것이죠.

부장은 검지를 목에 댄 뒤 방아쇠 당기는 시늉을 했다. 치안 좋기로 유명한 우리나라의 부산에서 이런 일이 일어났다고? 이 허풍선이가 영화에서 본 이야기를 착각하는 거 아닌가 의심스러웠다. 조금 전 보다가 잠이 든 비고 모텐슨 주연의 〈이스턴 프라미스〉도 러시아의 조직 폭력배를 다룬 내용이었다. 내 표정이 기가 질려 보였는지 부장이 서둘러 말을 덧붙였다.

—하지만 너무 걱정하지 않으셔도 됩니다. 저희 조직력 또한 만만치 않습니다. 보기엔 이래 봬도 저희 뒤에 든든한 사람들이 떡 버티고 있거든요. 아까 그분들이 사무실에 오셨다고 하던데, 보셨죠? 정부 고위직 사람들도 있고, 국회의원도, 우리나라 최고 언론사 대표도 있습니다. 힘센 사람은 다 우리 편입니다.

—합법적인 거라면 제가 굳이 안 나서도 되지 않을까요?

—옥인 씨에게 부탁하는 건 어디까지나 예의를 갖추기 위한 겁니다. 무슨 일이든 뻔뻔하면 보기 좋지 않죠. 이쪽에서 조심

하고 있다는 것을 보여주면 되는 겁니다. 그 이상도 이하도 아닙니다. 물론 금지되어 있습니다. 하지만 걸리지만 않으면 불법이라고 할 수 없습니다. 딸딸이 치는 것과 같죠. 사람들한테 피해를 주는 건 아니니까요. 아, 제가 숙녀분께 참 별말을 다 하는군요. 요는 너무 걱정하지 말라는 것입니다.

왜 진명유에게 안 가고 나에게 온 것일까. 그녀는 보호해야 하고 나는 어차피 한 번 쓰고 폐기 처분하는 일회용 같은 존재이기 때문에 접근해온 것일까.

—명유 씨가 아니고 왜 옥인 씨냐는 거지요?

그는 내 표정만 보고도 알아차렸다.

—제가 비록 총에 대해서는 문외한입니다만 옥인 씨에게 호감을 가지고 있으니 알고 있는 범위 내에서 말씀드리자면, 그건 바로 그 총과 옥인 씨의 신체 부분과 밀접한 관련이 있어서 입니다. 손을 줘보십시오.

나는 손을 내밀었다.

—쫙 펴보십시오.

나는 잘 훈련된 것처럼 부장의 지시를 따랐다. 부장이 손을 이리저리 살피더니 방 안을 휘둘러보며 아무도 없는데 소곤거렸다.

—이번에 인수받을 총이 장미총일지 모릅니다. 아주 어렵게 찾았다고 하더군요. 사장님은 장미총을 찾아 오랜 세월 애를 써왔습니다. 드디어 그 총을 이번에 인수하게 된 것이지요.

100여 년 가까이 찾아 헤맨 장미총을 찾았다. 그리고 그걸 내가 인수한다. 어쩌면 영광일 수도 있는 일을 맡게 된 건데 왜 이리 불안한 걸까.

　—너무 갑작스러워서요. 생각할 시간을 주세요.

　—물론 옥인 씨에게도 생각할 시간이 필요할 테지만 시간이 많지 않습니다. 건 배틀에 사용할 총기라서요.

　—장미총으로 건 배틀을 한다고요? 건 배틀에는 공기총을 사용하기로 하지 않았나요?

　—하, 그렇게 알고 계셨군요. 어쩐지, 이렇게 아리따운 분들이 진짜 총으로 건 배틀을 한다고 해서 놀랐는데. 사실을 말해야 할 거 같군요. 진짜 총으로 건 배틀을 한답니다. 내일까지 기다리겠습니다. 사장님은 옥인 씨가 오케이해주길 기다리고 있습니다. 명분이라는 게 있잖습니까. 쉬운 말로 상징이라고 하고요. 그 총이 수작업으로 만들어진 총이어서 방아쇠를 당기기 용이하게 제작되지 못했습니다. 특히 여자가 이 총을 쏘려고 한다면 필히 옥인 씨와 같은 손의 구조여야 할 겁니다. 물론 이건 제 가설입니다. 유럽 어느 지체 높은 가문의 여성분의 것으로 짐작하고 있고요. 그런데 그게 유럽이다 보니, 즉 동양의 종자가 아닌데다 그 여자분 손이 엄청 길었던 모양입니다. 그래서 웬만한 여자들은 트리거의 각도가 나오질 않는다 이 말씀입니다.

　과연 펼쳐진 내 손가락은 물갈퀴만 없다뿐이지 오리발처럼 벌어져 보였다.

　—이 일에 대한 대가는 사장님이 따로 지불하실 겁니다. 세상에 공짜는 없으니까요. 요즘 젊은 사람들, 정말 돈 안 주면 한 발짝도 안 움직이지 않습니까? 아, 옥인 씨를 두고 하는 말은

아닙니다. 제가 옥인 씨 경제 상태를 잘 알지 못하지만 인생 선배로서 말씀드리자면 말이죠. 돈이 많아서 귀찮을 일은 없을 겁니다. 그건 진리입니다. 정말 잘 마셨습니다.

부장은 홍차 팩까지 마셔버릴 기세로 고개를 뒤로 젖혔다.

—참, 깜빡했네요. 노파심에 말씀드리자면 꼭 혼자 가셔야 합니다. 아무리 옥인 씨가 믿을 수 있는 사람이라고 해도 저희 입장에서 보면 전혀 모르는 어떤 사람이지 않습니까. 위험할 소지가 다분하니까요. 비밀은 아는 사람이 적을수록 좋다는 말은 진리입니다. 차장님한테도요.

—차장님도 모르신다는 말이에요?

—그래요. 그 친구가 다 아는 건 아니죠.

이 회사는 정말 이상하다. 점조직으로 운영되고 있는 거 같다. 부장이 아는 걸 차장이 모르고 차장이 아는 걸 부장이 모른다.

—부장님, 혹시 김수정이라는 직원이 살해당한 거 알고 계세요?

느물거리며 무슨 부탁이든 다 들어줄 거 같았던 부장의 얼굴이 굳어졌다.

—아, 그러게 왜 자정까지 혼자서 술을 마시고 비틀거리냐고. 요즘 젊은 사람들 그냥 뻑 하면 술에 취해 인사불성되설랑. 애인이랑 헤어졌다고 마시고, 돈 없다고 마시고, 우울하다고 마시고, 정말이지 배들이 불러서는.

부장이 서둘러 일어서며 여기까지입니다. 진짜 끝입니다,라고 말했다. 나는 '끝'이라는 말을 곰곰이 되새겨보았다. 과연 끝일까. 끝이라는 말이 담고 있는 의미, 모든 것이 안전하게 마무리 되고 평화롭게 일상으로 돌아가는 어떤 종료의 의미. 그러나 나에게는 지금부터가 시작이다.

부장이 낡은 로퍼를 신었다. 세모꼴로 닳아빠진 구두 굽과 꺾여서 주름진 구두 뒤축은 광고주와의 약속 시간에 늦지 않으려고 씹던 밥을 채 삼키지도 못하고 신발을 구겨 신는 모습을 반영했다. 내가 정육점을 하는 엄마를 부끄러워했던 것처럼 이 사람은 더 많은 부끄러움을 이 낡은 신발에 담아 능청과 허세로 위장하며 살아왔다. 나는 그의 발 냄새를 맡은 듯 고개를 돌렸다. 계단을 울리는 구둣발 소리가 더 이상 들리지 않는 것을 확인하고 찻잔 쟁반을 들었다. 한 손을 짚고 일어서다가 기우뚱 균형을 잃어버렸다. 찻잔이 깨지면서 챙, 하고 총이 발사되는 소리를 냈다. 여러 조각의 파편 중 한 조각이 발등을 찍었다. 발등에서 피가 흘렀다. 화과자의 붉은 시럽처럼.

뜨거운 물이 쏟아져나오는 샤워기 아래에 한참을 서 있었다. 머리 꼭대기에서 뜨거운 열기 같은 것이 솟구쳤다. 몸속에 쌓여 있던 둥근 불안함이 덜그럭거리며 나를 힘들게 했다. 다시 잠을 자려고 누웠지만 부장이 오기 전에 쪽잠을 잔데다 이런저런 잡생각이 뒤엉켜 잠이 오지 않았다. 이 고민을 누구와 상의하면 좋을까. 제일 먼저 도일이 떠올랐지만 지웠다. 도일은 없다. 진명유는 더욱 믿을 수 없다. 이불을 목까지 끌어올렸다. 잠이 오지 않아 풀장 속으로 다이빙하는 양의 숫자를 세기 시작했다. 한 마리, 두 마리 세 마리……. 이백스물세 마리에서 잠이 들었다.

뇌는 이미 버튼을 눌렀다.

거울 속의 나는 확실히 긴장한 모습이다. 눈에 띄게 초췌하다. 아직도 총 인계를 할 것인지 말 것인지 결정하지 못했다. 화장실에서 나오니 사장이 내려와 있었다.

─이번 특집 기획은 진명유 씨가 제안했던 총기 소지 허용 문제를 다루기로 했습니다. 국민 정서상 아직 민감한 문제이긴 하나 우리나라도 조만간 수면 위로 올라와 논쟁할 날이 있지 않겠습니까. 사실 필리핀이나 아프리카처럼 불안정한 사회에서나 총기가 범죄로 흘러드는 것이지, 스웨덴이나 핀란드 같은 나라를 보세요. 국가 시스템이 제대로 갖춰져 있는 나라에서는 총기 소지 허용이 되고 있는지조차 모르지 않습니까. 치안력만 담보된다면 인종 갈등이나 사회의 묵은 때를 한 번씩 깨끗이 청소해주는 것이 장기적으로 봤을 때 나라 발전에 도움이 됩니다. 프랑스에서 벌어진 이슬람 분자들의 테러만 봐도, 만약 프랑스에서 총기 소지가 허용되었다면 그렇게 속수무책으로 당하고만 있었을까요. 결국 직접적인 피해를 입는 건 일반 국민입니

다. 이 안은 진명유 씨가 제안한 거라서 진명유 씨가 미국 디즈니랜드 건 쇼Gun Show에 출장가서 취재하고 기사 작성까지 할 겁니다.

어제 부장이 진명유가 출장을 간다고 하더니 이것인 모양이었다. 특집을 마치고 나면 진명유는 확실히 입지를 갖추게 된다. 나에게도 선택권이 있다. 사장에게 삶의 의미인 장미총을 인수하는 일을 의뢰받았다. 내가 건 배틀 현장에서 장미총으로 목표물을 명중시키는 장면을 상상해보았다. 내 선택에 따라 역사적으로 의미 있는 사건의 한가운데에 설 수 있다.

어떤 과학자가 의식에 관한 뇌 실험을 했다. 전선을 뇌에 연결해놓고 a와 b중에서 자신이 선택한 것의 버튼을 누를 때 뇌가 어떤 작용을 하는지 관찰했다. 결과는 뜻밖이었다. 버튼을 누르기 6초 전에 이미 뇌는 a를 선택할지 b를 선택할지 결정하고 있었다. 의식은 자신이 미처 의식하기 전에 이미 의식을 하고 있는 것이다. 6초라면 꽤 긴 시간이다. 내 뇌는 어젯밤 부장이 제안을 한 순간 이미 결정했는지 모른다.

나는 핸드폰에서 부장의 번호를 불러내 어제 말씀하신 일을 맡아서 하겠다는 문자를 보냈다. 부장은 어제 이미 내가 제안을 받아들일 것을 알았는지 답장이 없었다. 홍차를 국수 먹듯 후루룩 마시던 부장의 모습이 어른거렸다. 나는 어딘가로 휩쓸려 간다는 것을 알고 있었지만 멈추고 싶지 않았다.

올랜도 통신

　—제가 지금 손을 잡고 있는 이 친구는 바로~~~

　네! 분홍 리본의 미니마우스입니다.

　멀리 한국에서 온 저를 반갑다고 껴안아주네요.

　여기는 어디일까요?

　바로 올랜도의 디즈니랜드입니다.

　하루 종일 돌아다녀도 다 구경하기 힘들다는 꿈의 동산, 디즈니랜드에서 또 하나의 열광적인 행사, 건 쇼가 열리고 있습니다.

　제가 차고 있는 이 팔찌 하나로 디즈니랜드도 구경하고 건 쇼도 구경할 수 있는 시스템인데요.

　누구나 들어갈 수 있는 축제의 현장입니다.

　롤러코스터를 타다가 구경을 온 가족들도 있고요.

　데이트를 이곳에서 하는 커플도 눈에 띱니다.

　높은 천장과 뻥 뚫린 공간에는 코스트코 생필품처럼 온갖 종류의 총과 총 액세서리들이 주인을 기다리고 있습니다.

　와! 정말 종류가 어마어마하군요.

20달러에서 4만 달러가 넘는 것까지 이들을 구분하는 건 오직 가격표라는 생각마저 듭니다.

하지만 총 마니아들은 각각의 고유성을 온전히 느끼겠지요?

아, 제가 잘 알고 있는 모델을 발견했습니다.

우리 《건》의 가을호를 장식했죠. 히틀러의 전기톱이라는 빈티지 모델인데요. 실물을 보니 정말 아우라가 대단하네요.

와우! 가격이 자그마치 4만 달러, 우리나라 돈으로 4천만 원이 넘는 금액인데요.

판매하시는 분과 잠깐 이야기를 나눠보도록 하겠습니다.

Q: 이 총의 히스토리를 한국의 고객들에게 간단히 소개해주실 수 있을까요?

A: 물론이죠. 이건 아주 전통 깊은 총입니다. 1차 세계대전에서 패한 독일은 베르사유 조약에서 중기관총의 보유가 금지되지만 경기관총을 생산하는 건 가능했죠. 이런 규정의 허점을 이용해 12킬로그램의 경기관총을 개발했는데 이게 그 모델입니다. 스페인에 내란이 일어나자 나치는 이 기관총과 군대를 스페인에 보내 수많은 사람들을 살상했죠. 피카소가 그린 〈스페인 내전〉이라는 그림에도 이 총이 나오고요, 〈라이언 일병 구하기〉라는 영화에서 독일군들의 총으로 나와 더 인기를 끌었죠.

Q: 이렇게 고가의 총을 사는 사람도 있나요?

A: 단순 소장용도 있지만 희귀 우표나 유명 화가의 그림처럼

투자 목적으로 구입하는 사람들도 있습니다. 증시가 안 좋을 때는 가격이 더 좋아집니다. 클래식 빈티지 자동차 시장과 유사한 흐름을 보이고 있죠.

Q: 네, 설명 감사합니다.

—아쉽지만 역사가 배어 있는 이 총과 작별하고 다른 총들을 만나보러 이동하겠습니다. 이 총에 대해 좀 더 자세한 정보를 원하시는 분은 저희 잡지 가을호를 참고해주세요. 거기에 히틀러의 전기톱에 대한 흥미로운 이야기들이 자세히 나와 있으니까요.

와우! 여기는 애니메이션 캐릭터 총을 판매하는 부스입니다. 이걸 보세요.

개머리판부터 총신까지 온통 핑크색인 미니마우스가 프린트된 총입니다.

장난감 총이라고 그녀를 놀렸다가는 큰일 납니다.

진짜 총알이 발사될 테니까요.

부스 담당자와 인터뷰를 나눠보도록 하죠.

Q: 오늘 사람이 많은데 건 쇼에 늘 이렇게 사람이 많나요?

A: 지난달 초등학교에서 총기난사 사건이 있어서 총을 사려는 사람들이 더 많아진 것 같습니다.

Q: 총기 사고가 나면 시민들이 왜 총기를 허용하느냐고 비난 여론이 높아질 거 같은데 총 수요가 늘어난다고요?

A: 사건이 벌어지면 자신을 보호하기 위해 시민들이 총을 더 사는 건 당연한 현상이죠. 총을 든 선인만이 총을 든 악인을 막을 수 있다는 국민적 합의가 있기 때문에 비난하지 않는 겁니다.

─The only thing that stops a bad guy with a gun is good guy with a gun. 이게 바로 미국이 많은 문제점에도 불구하고 총기를 허용하는 이유인데요. 직접 현장에 와보니 총기난사의 위험보다는 자위권의 개념이 확실하게 느껴집니다.

　저희《건》에서는 10주년 특집으로 야심차게 총기 소지 허용 문제를 다뤘습니다. 과연 우리나라에서도 총기 소지를 허용하는 게 좋을까요, 아니면 시기상조일까요. 애독자 여러분들의 찬성 혹은 반대 투표를 기다리겠습니다. 투표를 통해서 상품도 드릴 예정이니 많은 참여 부탁드립니다. 날씨가 더워서 눈이 없는 올랜도. 그들에게 눈은 환상이고 총은 현실입니다. 우리에게 총은 어떨까요. 총이 환상이고 눈이 현실이 아닐까요. 이상 미국 올랜도에서 진명유 기자입니다.

장미총 인수

한적한 바닷가다. 간이음식점을 겸한 작은 마트의 문은 굳게
닫혀 있다. 여름에도 많은 사람들이 몰리는 곳이 아닌 듯 보였
다. 구색을 맞춰 조성한 작은 솔숲 사이로 차가운 바람이 불었
다. 나는 모래사장과 바다가 보이는 벤치에 앉아 차가운 바람을
맞았다. 겨울이 왔다. 자연이 항상 옳지는 않을지 몰라도 항상
정직하다. 감탄과 반성을 하게 만드는 윤리적인 정직이다. 인간
에겐 이런 정직을 요구하기 어렵다. 나 자신도 나를 잘 알지 못
하고 컨트롤하기 어렵다. 이 여행 또한 한 치 앞을 알 수 없다.
목적이 분명하다는 점에서 여행이라기보다 출장에 가깝다.

자동차 소리가 들렸다. 점점 가까워지더니 낡은 중형차가 멈
췄다. 낡았다는 사실에 안도감을 느꼈다. 남녀가 내렸다. 그들
을 맞는 기분으로 한 발짝 앞으로 나갔다. 그들은 나 혼자 있는
것을 의아하게 보더니 손깍지를 끼고 숲속으로 사라졌다. 밀회
의 장소를 찾아온 것 같았다.

한참을 더 기다렸다. 또 자동차 한 대가 와서 섰다. 한 여자

가 내렸다. 그 여자는 방금 산에서 내려온 듯 벙거지 모자를 눌러쓰고, 밤이 들어 있는 듯한 자루를 들고 걸어왔다. 이 여자도 아닌가 싶어 다시 자리에 앉으려는데 여자가 한옥인 씨냐고 물었다. 그렇다고 하자 자루를 내밀었다. 상자처럼 규격화된 케이스가 있는 듯 묵직했다. 여자는 무심하게 돌아서더니 다시 차에 탔다. 운전석에서 내리지 않은 남자가 곧바로 차를 출발시켰다. 차의 뒤꽁무니가 거의 사라질 때쯤 또 하나의 차가 도착했다. 먼 곳에서 동태를 살피고 있었던 듯 진명유가 내렸다. 아침에 부장이 전화를 걸어 진명유가 올랜도에서 새벽에 도착하는 대로 나를 도와주러 보내겠다고 했다. 진명유가 수고했다고 말하며 내 손에 들린 자루를 받아 트렁크에 실었다. 총기 인수가 너무 싱겁게 끝나 맥이 빠졌다. 부장의 제의를 받고 마약 전달자처럼 밤새 고민한 것이 우스웠다. 부장 말대로 이게 모두 막강한 윗선에서 보이지 않는 손을 써놓아서인가.

고속도로를 달리는 내내 진명유는 전방을 주시하며 제한 속도를 넘지 않으려고 브레이크를 밟으며 속도를 조절했다. 모범생답다.

—이 장미총을 건 배틀에서 쏠 거라고 하던데 어떻게 인수하게 된 거죠? 100년 가까이 행방이 묘연했던 총을요.

—이 총이 장미총이라고 누가 그래요?

—부장님이 그러셨는데 아닌가요?

—만약 이게 장미총이 아니었다면 옥인 씨가 총기 인수를 하겠다고 했을까요? 장미총은 여왕벌 같아요. 모든 벌들이 여

왕벌을 향해 움직이듯 우리는 장미총이라는 명분 아래 움직이는 거죠. 엄밀히 말하면 부장님이 거짓말을 한 건 아닙니다. 장미총은 영원히 우리의 마음속에 있습니다. 대의를 위해 쓰이는 모든 총이 장미총이지요.

진명유는 알쏭달쏭한 말을 남기더니 차가 고속도로를 벗어날 때까지 깊이 생각에 잠겼다. 차가 회사 뒤쪽으로 가자 철문이 자동으로 열렸다. 차 세 대를 댈 수 있는 주차장이 있었다. 이 회사를 다니면서 주차장이 있다는 사실을 처음 알았다. 부장이 대기하고 있다가 진명유가 건네는 자루를 받더니 봉투를 내밀었다. 나는 주춤했지만 받았다. 돈이 많아서 귀찮을 일은 없을 것이다. 부장이 회사 정문으로 따라와 우리를 배웅했다. 수고했어요. 진명유가 내게 고개 숙여 인사한 뒤 차장과 함께 사라졌던 그 골목으로 걸어갔다. 나는 지하철역을 향해 걷다가 핸드폰을 열었다. 도일로부터 메일이 와 있었다. 문자는 차단했는데 메일까지는 미처 생각하지 못했다. 동시성이나 텔레파시를 믿지 않지만 이제는 의식해야 할지 모른다. 도일이 메일을 보낸 시간은 내가 바닷가 솔숲에서 총을 인수하던 시간과 같았다.

무슨 말을 해도 변명으로 들릴 거라는 걸 압니다. 그렇지만 제게 한 번만 기회를 주세요. 장미총, 아니 김수정을 잃은 것처럼 당신을 잃고 싶지 않습니다.
그 회사 사장은 독립운동을 한 가문이 아니라 일제 앞잡이 노릇을 한 매국노 집안입니다.

장미총 이야기 들으셨다고 했죠.

일본군에게 우리 독립군의 총기 밀매를 찔러 위험에 빠뜨린 것도, 중국 마적단에게 독립군의 위치를 알려주어 독립군의 아내와 아들이 살해당하도록 한 것도 사장의 아버지였습니다. 수단과 방법을 가리지 않고 나라를 팔아가면서까지 비열하게 번 종잣돈으로 인천에서 쌀장사와 사업을 해서 엄청난 부를 축적했습니다. 이후 경찰서장까지 지냈고요. 그 아들인 사장은 역사를 조작해 아버지의 매국노 행위를 감추고 뒤로는 비밀 사이트를 운영하면서 자신을 따르는 무리들을 선동해 무기를 밀매하는 등 불법을 일삼아왔습니다.

저는 그걸 파헤치기 위해 트리거 카페에 잠입했다가 정체가 탄로 나서 강퇴당하고 생명의 위협을 느꼈던 거고요. 지금은 역사 왜곡도 모자라 총기 소지 허용을 추진하는 물밑작업을 벌이고 있습니다. 막대한 돈을 정부 고위직에 뿌려 자신의 조부가 그랬듯이 30년, 40년 앞을 내다보고 총기 소지 허용으로 얻게 될 천문학적인 이득을 자식들에게 물려주기 위해 비밀리에 추진하고 있습니다.

그곳 편집자로 있던 김수정은 사장과 차장이 유희를 위해 노숙자를 대상으로 한 건 배틀에서 두 명이 죽자 그 사실을 폭로하려고 했습니다. 맹목적으로 사장을 추종하는 차장이 카페 회원을 사주해 그런 김수정을 살해했고요. 김수정의 죽음 후 그들은 건 배틀을 중단했습니다. 너무 위험해서요.

손이 근질근질하던 차에 옥인 씨가 건 배틀을 제안하자 트리거가 당겨지듯 참을 수 없었던 겁니다. 제가 그 카페에서 활동하다가 김수정을 사귄 건 사실입니다. 그리고 김수정을 죽음에서 지키지 못하고 그들의 함정에 빠져 강퇴당한 것도 사실이고요. 이런 것들을 옥인 씨에게 나중에 다 말하려고 했던 건데……. 믿기 어렵겠지만 제발 제 전화를 받아주세요.

밀정이자 매국노가 역사를 왜곡해 애국자로 변신한 것, 건배틀에서 노숙자가 죽은 것, 이를 신고하려던 김수정을 청부살해한 것, 총기 소지 허용을 위해 정부 고위직에 로비를 펼치고 있다는 이런 말도 안 되는 음모론을 누가 믿을까. 총기 소지를 허용한 대가로 미국의 학교에서 일어나는 무차별 총기 난사 기사가 뜰 때마다 가슴을 쓸어내리는 우리나라 국민들이 총기 소지 허용 법안이 통과되도록 보고만 있을까. 도일의 메일 주소를 차단했다. 도일과 연결된 길은 끊겼다.

성당 앞을 막 지나가는데 사무실에서 가끔 들려왔던 피아노 소리가 들렸다. 음악에 조예가 없다 보니 성가곡을 헨델이나 모차르트 피아노곡으로 착각했다. 붉은 벽돌로 지어진 성당의 규모는 작았지만 오랜 전통을 지닌 듯 고풍스러웠다. 예배당 안으로 들어가니 한 여자가 성가곡을 연습하고 있었다. 나는 여자의 옆모습을 보다 머리를 숙여 기도를 올렸다. 머릿속이 복잡해서 하나의 소원으로 정리되지 않았다.

성당을 나오면서 부장이 준 봉투를 헌금함에 넣었다. 한 여자는 건 배틀을 폭로하려다 살해당했고, 한 여자는 건 배틀을 제안했다. 피의 무게로 따지자면 내 피가 훨씬 불순하고 무겁다. 부장 말대로 돈이 많아서 귀찮을 일은 없다. 건 배틀에 대한 죄의식의 값도 치를 수 있으니 말이다.

건 배틀

진실한 마음은 없다. 퐁퐁은 죽어가고 있다. 꽃 대궁과 줄기가 시들면서 꽃보다 더 짙은 향을 내뿜고 있다. 꽃들은 자신의 수명을 알지 못할 텐데 죽음을 향한 마지막 행위임을 알고 발악하고 있다. 나의 죽음은 언제일까. 죽음이 당도했을 때 나도 퐁퐁처럼 짙은 향기를 내뿜고 창백한 입술을 정열적으로 오물거릴까. 도일의 와인바 계단에 있던 영원히 시들지 않을 것 같던 퐁퐁은 여전히 싱싱하게 빛나고 있을까. 마주 보고 걸려 있던 〈이카루스〉와 〈춤〉은? 주방 뒤쪽의 작은 방에 숨겨진 총들은?

출발 준비가 끝났다. 방을 나서기 전에 엄마에게 전화를 걸었다.

─지금 홍삼 아줌마랑 수다 떠는 중이야. 웬일로 전화를 했냐?

─그냥 걸었어. 엄마 요즘 아침 저녁으로 쌀쌀하더라. 감기 조심하고.

─새삼스럽긴. 잘 지내지?

—응. 엄…….

말이 끝나기도 전에 전화가 끊겼다. 나는 우산을 챙겼다. 어떤 영화에 이런 대사가 있다. 주인공이 비가 오지 않는데도 늘 우산을 들고 다니자 한 노인이 자네는 하늘이 청명한데 왜 우산을 가지고 다니느냐고 물었다. 주인공은 하늘에서 언제 거머리나 개구리가 쏟아질지 모르잖아요,라고 대답했다. 나는 거머리나 개구리가 쏟아질 것 같아서가 아니라 오후에 비가 올 확률이 10퍼센트라는 예보에 우산을 챙겼다. 이 세상의 모든 건 확률게임이다. O 아니면 X라는 면에서 봤을 때는 10퍼센트건, 90퍼센트건 똑같이 50퍼센트의 승률이다. 비가 와준다면, 빗소리는 방음장치를 한 곳이라 해도 여러 위험성을 감소시켜줄 것이다.

우산은 가공된 주름치마처럼 완벽하게 접혀 있다. 푸른 바탕에 연꽃이 그려진, 내가 모사에 실패한 빛의 대가 모네의 〈수련이 있는 연못〉 우산이다. 화과자를 사서 와인바에 갔던 날 비 맞으면 감기에 걸린다고 도일이 준 우산이다. 그날 도일은 내가 준 화과자를 좋아하지 않는다고 거절했다. 김수정도 와인바에 화과자를 사왔을 것이고 그 먹는 모습이 떠올라 거절했을 것이다.

주차장에는 SUV가 대기해 있었다. 운전석에는 차장이 앉아 있었다. 부장은 보이지 않았다. 사장도 긴장했는지 늘어진 턱살이 더 처져 보였다. 진명유는 나와 눈을 마주치지 않으려고 애쓰는 것 같았다. 내가 원하는 바이기도 했다. 차장은 중간에 두 명을 더 태웠다. 지난번 회사에서 봤던 정부 고위직이라는 넥

타이를 맨 사람과 국회 상임위원장이라 신 위원장이라고 불리는 사람이었다. 마지막 픽업 장소에서 20분 정도 기다렸던 것과 초대 손님 한 명이 급한 일이 있어서 참석하지 못하게 됐다는 연락이 온 것만 빼면 계획대로 진행되었다.

사장은 신 위원장과 신중한 표정으로 이야기를 나누었다. 사장이 작은 입술로 소곤거려서 내용이 들리지 않았다. 진명유가 보온병을 열고 커피를 한 잔씩 돌렸다. 밀폐된 공간에서 향기롭게 퍼지는 막 내린 커피 향은 우리의 목적지를 잊고 유원지로 소풍 가는 기분을 내게 했다.

승합차가 서울을 벗어나자 누군가 창문을 열었다. 알싸한 겨울 냄새가 풍겨왔다. 하늘은 비가 내리려는지 회색의 두터운 구름이 바로 머리 위까지 내려와 있었다. 텅 빈 들판과 논밭을 지나 키 큰 침엽수림이 빽빽한 숲으로 들어섰다. 삼림욕을 하듯 깊이 심호흡을 했다. 새소리가 들렸다. 승합차를 타고 가는 내내 고양이 울음소리의 환청에 시달렸기 때문에 새소리를 듣자 기분이 조금 풀렸다. 목적지에 가까워질수록 사람들이 입을 다물었다. 현 정치 상황에 대해 떠들어대던 신 위원장도, 귀족들의 사냥 취미에 대해 역설하던 넥타이도 입을 다물었다.

차가 멈췄다. 부장이 기다리고 있다가 한 사람씩 내릴 때마다 기름진 목소리로 시끄럽게 인사를 했다. 서로 잘 아는 사이인 듯 근황을 물었다. 아마 부장이 운전을 하면 쓸데없이 너스레를 떨며 실수를 할까봐 차장에게 운전을 맡긴 거 같았다. 진명유와 내가 마지막에 내렸다. 유리창이 깨진 매표소를 지나

안쪽으로 들어갔다. 눈을 과장되게 색칠해놓은 분홍 미니마우스 모형이 서 있었다. 환영한다며 하늘을 향해 치켜올린 손바닥에는 시커멓게 썩은 물이 고여 있었다. 진명유가 보내온 디즈니랜드 건 쇼 PDF 파일에도 미니마우스가 분홍색 소총을 안고 있었다.

처음 총 액자를 보았을 때, 사장 등 뒤의 총 컬렉션을 보았을 때, 나는 매혹과 미학에 압도당했지만 어쨌든 총은 타자였다. 나 아닌 무엇이었다. 그것이 예술적 탐미에서 온 것이든 죄의식의 발현에서 온 것이든 어디까지나 대상이나 타자를 바라볼 때의 거리감에서 느껴지는 사적인 감정이었다. 하지만 어느 순간부터 나는 그들과 하나가 되었다. 엄마에게 미안해서 회사를 다닌다는 건 합리화였다. 동질한 집단의 귀속감은 불안을 잠재웠다. 이제는 총을 든 미니마우스처럼 내가 주체였다. 이유이자 원인이었다.

폐쇄된 지 오래된 회전 관람차는 녹이 슬고 흉한 몰골이었다. 이 놀이공원은 서울에서 가깝고 수목원을 겸해서 나름 인기를 끌었을 것 같은데 왜 폐쇄되었는지 알 수 없었다. 회전 관람차가 끝나고 수목원이 시작되는 지점에 특별 제작된 컨테이너가 놓여 있다. 코끼리 다섯 마리는 충분히 들어갈 크기이다. 고양이 울음소리가 들리는지 귀를 기울여보았지만 방음이 잘돼아무 소리도 들리지 않았다. 비를 머금은 차가운 바람이 숲속 깊은 곳에서 불어왔다. 갑자기 따끈한 순두부찌개가 먹고 싶었다. 컨테이너 철문이 열렸다. 모두 안으로 들어갔다. 철문 안에서 고양이의 첫소리가 희미하게 들렸다.

—곧 끝나겠죠?

—끝이 있기 위해서는 반드시 시작이 필요하죠. 그 시작을 위해 누군가는 희생해야 하고요.

진명유가 말하며 내 손을 잡고 들어가요, 하는데 그녀의 손이 차가웠다. 후회 안 할 자신 있느냐고 물었던 진명유도 후회가 되는지 눈빛이 흔들렸다.

컨테이너 안은 참치캔의 비릿한 냄새가 역했다. 대여섯 마리의 고양이들이 잔뜩 경계하며 구석에 웅크리고 있었다. 자신들의 죽음을 직감한 듯 참치캔에는 입도 대지 않았다. 사장의 지하 사격장에서 본 카멜색 가죽 소파가 놓여 있었다. 가구가 없어서 더 넓고 휑해 보이나 싶었는데 창문이 없어서였다. 낮은 천장에 매달린 알전구 때문에 사람들의 얼굴이 푸르스름한 빛을 띠었다. 사장과 게스트들은 마치 캣카페에 와 있는 것처럼 소파에서 웃으며 담소를 나누었다. 차 안에서의 경직된 분위기보다는 부드러워 보였다. 긴장감을 누그러뜨리느라 자연스러움을 가장하는 것 같았다.

—오늘은 의미 있는 날입니다. 선친이 체코로부터 총을 인수한 지 100년이 되는 해입니다. 다르게 표현하면 저의 어머니가 자결한 지 100년이 되는 해이기도 합니다. 저는 이날을 기다려왔습니다. 이런 의미 있는 날, 귀한 자리에 귀한 분들을 모신 것을 영광스럽게 생각합니다. 지금 세계는 보이지 않는 전쟁 중입니다. 강대국들은 자신의 이익을 위해 사다리를 치우고 있습니

다. 세계는 영토, 인종, 종교 문제에서 패권주의로 나아갈 수밖에 없습니다. 강대국의 틈바구니에서 쩔쩔맸던 100년 전의 우리가 아닙니다. 우리는 대비를 해야 합니다. 지금 추진하고 있는 총기 소지 허용 문제는 넉넉잡아 3, 40년 후부터는 가시적인 성과를 볼 수 있을 것으로 기대합니다. 제 살아생전에는 빛을 못 보겠지만 도저한 역사의 흐름을 타고 제 자손들은 찬란한 빛을 볼 것입니다. 처음에야 반대를 하겠지만 그게 무엇이든 국민을 위한다는 명분만 있다면 국민들은 어떤 경우에도 인정하게 되어 있습니다. 사람이 무엇을 두려워하는지, 그걸 건드리기만 하면 세상은 쉽게 컨트롤되는 법이지요. 피가 누적되면 힘이 됩니다. 영광스러운 역사를 위한 피의 누적입니다. 오늘 쏘게 되는 한 발의 총알은 피의 누적이자 대한민국의 영광스러운 미래를 지키기 위한 축하포가 되리라 믿습니다.

사장의 말에 다들 열렬히 박수를 쳤다.

—부장님과 차장님, 초대 손님들, 그리고 우리 회사의 자랑이자 오늘의 행사를 준비한 진명유 씨께 감사드립니다.

진명유가 엉거주춤 일어나 인사를 했다.

—그리고 또 한 분. 이제 우리의 소중한 일원이 되신 한옥인 씨를 소개합니다. 모두 박수로 환영해주시기 바랍니다.

나도 한 걸음 앞으로 나가서 인사를 했다.

—옥인 씨는 또 다른 의미에서 오늘의 히로인이라고 할 수 있습니다. 이게 바로 장미총입니다.

사장이 자줏빛 옻칠함에서 총기를 꺼내 치켜들었다. 사람들이 탄성을 질렀다. 나도 비명이 나오려는 것을 간신히 참았다. 그건 회사 벽에 걸려 있던, 뱀을 박제한 것으로 착각했던 총이 었다. 총신에 황금빛으로 난삽하게 흩어져 있는 뱀피 무늬는 겹 겹의 장미 무늬였다. 황금 비늘이라고 생각했던 뱀피는 장미의 넝쿨 무늬였다. 세월에 쓸려 너무 희미하고 너무 커서 장미라는 것을 알아보지 못했다. 장미총은 너무 가까이, 너무 빤히 사무 실의 머리 위에서 우리를 내려다보고 있었다. 등잔 밑이 어두워 알아채지 못했다. 그렇다면 내가 부산 바닷가에서 인수해온 총 은 장미총이 아니고 무슨 총인가.

사장은 자신이 노린 극적 효과를 충분히 거두었다고 생각했 는지 말을 이었다.

—저는 그동안 이 총을 쏠 자격이 있는 사람을 오랜 세월 기 다려왔습니다. 드디어 적임자를 찾았습니다. 바로 조금 전 소개 해 올린 한옥인 씨입니다.

사장이 손짓하자 차장이 시범을 보인 뒤 내게 총을 건넸다. 나는 손가락을 트리거에 걸었다. 엄지 뼈가 튀어나오면서 손가 락이 한껏 벌어졌다. 긴 총신에 맞춤한 듯 딱 맞았다. 사람들이 그 모습에 탄성을 질렀다. 나는 이제까지 이런 주목을 받아본 적이 없었다. 묘한 희열이었다. 사장이 첫 발을 쏘아보라고 신 호를 보냈다. 사장의 타운하우스에서 느꼈던 희열을 다시 느끼 고 싶었다.

차장이 고양이 한 마리를 표적판에 올려놓았다. 나는 포즈를 취했다. 한쪽 눈을 감고 중간에 세워진 표적판에 시선을 고정했다. 시야 가운데로 고양이의 머리통이 들어왔다. 고양이가 내 조준을 눈치챈 듯 거칠게 울었다. 구석에 모여 있던 고양이들도 날카로운 이를 드러내며 하악질을 했다. 형광등이 환히 밝히고 있는데도 묘광은 야광의 초록빛을 발했다. 누구도 선뜻 나서지 못했다. 이를 통제할 수 있는 사람은 차장뿐인 듯 어디서 그런 침착함과 대담함이 나오는지 욕설 비슷한 단음절을 내뱉으며 고양이를 향해 총이라도 쏠 듯이 장전을 했다. 워낙 둔탁해서 뭔가를 휘둘렀을 때 나는 소리처럼 들렸다. 사장이 자지러지게 우는 아이를 자, 자, 하며 토닥이는 느낌으로 차장의 어깨를 토닥였다. 차장은 정신을 수습하며 우리를 둘러보았다. 나는 차장의 안광에 어린 짙은 광기를 보았다. 그가 이 회사를 떠날 수 없는 이유였다. 나 또한.

나는 결국 쏘지 못하고 장미총을 내려놓았다.

—자, 천천히 갑시다. 우리에겐 축제의 시간이 충분합니다. 인내하면 즐거움은 두 배가 되지요. 먼저 토너먼트를 시작하겠습니다. 두 사람이 한 조가 되어 한 사람씩 돌아가면서 쏘는 방식으로 할 것입니다. 그렇게 해서 둘 중에 명중률이 높은 사람이 다음 토너먼트에 진출하는 것입니다.

먼저 신 위원장이 고양이를 향해 첫 발을 쏘았다. 와인잔을 가볍게 친 것처럼 총 소리의 여운이 길고 투명하게 울렸다. 명중했다. 오래 갈고 닦은 실력이다. 다른 고양이들이 심상치 않은 기운을 느끼고 어딘가 뛰어오를 곳을 찾았다. 위험에 노출되었을 때 높은 곳으로 피신하려는 본능을 좇는 것 같았다. 몇몇은 신경이 곤두서 미친 듯이 등을 세우며 울어댔다. 크앙, 하며 입을 찢어지게 벌렸다. 붉은 혀에 작고 날카로운 이빨이 꼬마전구처럼 빛났다.

넥타이가 흥분한 듯 다음 타자로 총을 쏘았다. 명중이었다. 다음은 진명유 차례였다. 진명유는 총을 들고 고양이를 향해 총구를 겨누었다. 헨젤을 떠올리고 있을까. 얼마나 긴장했는지 트리거를 당기는 검지에 핏기가 가셔 뼈마디가 투명하게 비쳐 보였다. 몇 걸음 비켜선 내 눈에도 그녀가 떠는 것이 보였다. 단발의 머리칼이 이마 한쪽으로 흘러내리고 다른 쪽 눈에 눈물처럼 뭔가 반짝하고 빛나는 것을 본 순간 그녀가 총을 내려놓더니 비틀거리며 소파로 가서 쓰러지듯 기댔다.

차장이 내게 다가와 장미총을 건넸다. 사람들이 산발적으로 박수를 쳤다. 나는 목표물을 조준했다. 엄지뼈를 한껏 뒤로 제치고 검지를 트리거에 걸었다. 트리거에 걸린 검지가 부들부들 떨렸다. 정지된 동작은 행동보다 더 많은 에너지를 요구한다. 엄지와 달리 부드럽게 각도를 조절한 검지가 방아쇠에 닿자 숨을 멈추었다. 적절한 타이밍을 가늠했다. 고양이의 푸른 눈이 시야에 들어왔다. 진명유가 나를 슬픈 눈으로 바라보고 있는 것을 알면서도 나는 행위를 거둘 수 없었다. 죄의식이라는 후천적 인식과 명중시키고 싶다는 성취욕이 더해진 손맛은 열등감을 떨쳐버리고, 욕망의 극치점에 다다르게 했다.

고양이는 끊임없이 움직였다. 나는 최대한 침착하게 총구를 이동하면서 움직임의 규칙을 감지하려 했다. 공중으로 점프해 도망가려는 고양이의 움직임을 포착해 트리거를 당겼다. 그러나 고양이가 아니라 비명과 함께 사장의 육중한 몸이 옆으로 쓰러졌다. 사장은 조금 전까지 소파에 기대듯 누워 있었는데 내가 사격 자세를 취하고 있는 사이 자세히 보기 위해 표적물 가까이 이동한 거 같았다. 내가 놀라 트리거에서 손을 떼려 했으나 사장 옆에 서 있던 차장이 나를 향해 총구를 겨누고 있는 것이 보였다. 사장의 그림자처럼 붙어다녔던 차장은 자신의 오너가 쓰러지자 의도적인 도발로 여기고 보디가드가 되어 나를 겨냥한 것이다. 내 의식은 총을 쏘기 6초 전에 이미 결정을 내렸다. 몇 발의 총소리가 연달아 들리고 나는 쓰러졌다.

내 오감이 활짝 열리며 어딘가 뜨거운 쇳물을 부은 것 같은 동통에 숨을 쉴 수 없었다. 피 냄새, 탄환 냄새, 비린내가 뒤섞여 견딜 수 없다. 토할 거 같았다. 신선한 공기를 마시고 싶었다. 목구멍으로 뭔가 울컥 넘어왔다. 화과자의 붉은 시럽 같은 농밀한 피다. 이 공간에서 나가고 싶었지만 몸이 움직여지지 않았다. 문이 열리고 누군가 입을 막고 뛰쳐나가는 소리가 들렸다. 그 틈으로 짙은 회색의 비구름을 머금을 겨울 하늘과 숲의 바람 소리가 들렸다. 스물여덟 생애 처음으로 계절을 온 감각으로 받아들였다. 그리고 공간을 팔아 시간을 번다는 말을 진정으로 이해했다.

나는 울지 않으려고 했다. 울지 않고 참을 때 슬픔이 극대화된다는 것도 알고 있다. 엄마와 마지막으로 통화하면서 내가 한 말은 '응'이었다. 긍정적인 마인드를 가진 젊은이다운 말이다.

아니요나 글쎄요보다 훨씬 긍정적이다. 엄마를 생각하자 참을
수 없었다. 눈물이 귓속으로 흘러가서 먹먹해질 즈음 생각했다.
엄마에게 속옷을 사드려야 하는데, 레이스가 잔뜩 달린 아주 화
려한 것으로 …….

1심 재판

이곳은 조용한 수목원에 둘러싸인 폐쇄된 놀이공원입니다. 평소 사람들 통행이 없는 이곳에서 대낮에 총성이 울렸습니다. 이 사건으로 총 계간지 《건》의 사장 최 씨와 차장 권 씨가 사망하고, 역시 총상을 입은 채 의식을 잃고 쓰러져 있던 인턴사원 한 씨는 병원으로 후송되었으나 아직 중태라 정확한 사고 원인을 밝히지 못하고 있습니다. 신고한 사람은 한 씨의 지인 박 모 씨로 한 씨와 연락이 되지 않자 위치 추적으로 사건 현장을 찾아내 경찰에 신고했다고 밝혔습니다.

현재까지 드러난 사망 원인은 총기에 의한 것으로 추정되고 있습니다. 사장과 차장의 시신에서 채취한 총알을 국과수로 보내 전문가들이 면밀히 조사해본 결과 기존의 어떤 총기와도 일치하지 않아 사제총이 아닌가 추정하고 있습니다. 생존자이자 사건의 실마리를 쥐고 있는 한 씨의 의식이 회복되는 대로 이들이 왜 폐놀이공원에서 총격을 벌였는지 사건의 내막을 조사할 예정입니다.

올 초에 묻지 마 총기 난사로 일가족이 모두 사망한 데 이어 지난달 친구 간의 다툼으로 한 남성이 공기총에 맞아 사망하는 등 올 한 해에만 네 차례에 걸쳐 총기 사고가 발생했습니다. 최근 5년 동안 발생한 총기 사고는 그 전과 비교해 300퍼센트에 가까운 증가세를 보이고 있습니다. 이는 인터넷 등을 이용한 고스트 건의 유입과 불법 무기 밀거래 때문인 것으로 풀이되는데요. 일반 시민이 무고하게 희생당하는 일련의 총기 사고는 자신을 지키기 위해 총기 소지를 허용해야 하는 것 아니냐는 논란을 불러일으키고 있습니다.

아직은 대다수의 국민들이 총기 소지 허용에 대해 부정적인 인식이 높습니다. 마음만 먹으면 인터넷으로 옷을 주문하듯 쉽게 총기를 구입할 수 있는 것이 현실인 상황에서 일부 불순한 의도를 가지고 사제총을 만들거나 외국에서 총기를 밀수입하는 사례가 증가한다면 그런 세력으로부터 자신을 보호해야 한다는 자위권 개념의 관측도 서서히 등장하고 있습니다.

여러 부작용에도 불구하고 미국이 총기 소지 허용을 현행대로 유지하는 대전제는 '총을 든 선인만이 총을 든 악인을 막을 수 있다'입니다. 미국의 민주주의를 수호하겠다는 굳은 의지를 보여주는 이 명분은 앞으로 우리나라에서도 시험대에 오를 것으로 보입니다. 김상훈 기자입니다.

＊＊＊

이 병원은 지난 3일 경기도의 한 폐놀이공원에서 벌어진 총격 사건의 생존자인 한 씨가 입원해 있는 병원입니다. 중태였던 한 씨가 의식을 회복함에 따라 병원으로 수사관을 급파해 조사를 이어가고 있습니다. 한 씨는 회사에서 비밀리에 진행된 건 배틀에서 총알이 오발돼 사장과 차장을 사망케 했다고 순순히 인정하였습니다. 표적물인 고양이가 움직여 한 씨의 조준이 빗나간데다 때마침 사장이 사격 장면을 보려고 현장 가까이 이동하는 바람에 사장을 쏘았다는 것입니다. 사장이 쓰러지자 차장이 자신을 향해 총을 겨누었고, 이에 자신도 모르게 무의식적으로 차장을 향해 총을 발사한 것까지는 기억나지만 자신도 총을 맞아 이후에는 무슨 일이 일어났는지 알지 못한다고 밝혔습니다. 중환자실에서 사경을 헤맨 한 씨는 의식이 돌아온 뒤 자신이 쏜 총에 사장과 차장이 사망한 사실을 알게 되자 충격을 받고 치료를 받지 않겠다며 자해 소동을 빚어 한때 수사가 중단되기도 했습니다.

한편 사고 현장을 최초로 발견해 신고한 한 씨의 지인 박 씨는 경찰 조사에서 사장 최 씨는 일제강점기에 활동한 일본군 앞잡이로, 독립군의 조직을 와해시키는 일을 해왔던 아버지의 매국노 행위를 숨기고 자신이 독립군의 후손인 양 족보세탁을 했으며《건》이라는 총 잡지 회사와 '트리거트리거'라는 비밀 카페를 운영하면서 그들을 추종하는 회원들을 상대로 무기를 밀수해 판매하고, 노숙자를 상대로 건 배틀을 벌이는 등 불법 행위를 일삼았다고 주장했습니다. 또한 건 배틀로 노숙자가 사망한 사건을 폭로하려던 계간지《건》의 전 직원 김 모씨의 입을 막기 위해 사장 최 씨가 잠실 쇼핑센터 화장실에서 청부살해를 지시했으며, 한 달 전 입사한 인턴사원 한 씨는 사장의 회유에 넘어가 건 배틀에 참여한 것이라고 경찰에 밝혔습니다.

박 씨는 또한 사장이 국가고위급 인사에 줄을 넣어 국내에 총기 소지를 허용하는 법안을 추진하고 있다고 주장하고 있으나 수사 결과《건》이라는 잡지도, '트리거트리거'라는 비밀 카페도 존재하지 않는 것으로 드러나 박 씨의 주장에 힘을 싣기는 어려울 것으로 보입니다. 사망한 사장 최 씨의 아들은 이런 박 씨의 주장에 아버지의 애국적 사회 활동을 방해하는 음해 세력이라며 명예훼손과 무고죄로 박 씨를 고소하는 절차를 밟고 있다고 밝혔습니다.

경찰은 횡설수설하고 있는 박 씨를 상대로 참고인 조사를 계속 이어가는 한편, 건 배틀이 벌어진 현장에는 이들 외에 부장 정 씨와 또 다른 인턴사원 진 씨 그리고 외부 인사 두 명이 더 있었다는 한 씨의 증언에 따라 이들의 동선을 추적하는 데 수사력을 모으고 있습니다. 김상훈 기자입니다.

***

　　현은 사건과 관련된 기사들을 더 검색해보았지만 이상하리
만치 후속 기사들이나 관련 영상들이 많지 않았다. 두 사람이나
사망한 미스터리한 사건으로 매스컴도 탔지만 어쩐 일인지 시
들어버렸다. 영화로 따지면 사방에 피가 튀는 하드고어물이긴
했으나 공포만 있고 공감은 없는 사건이라고 해야 할까. 만약
칼로 난자된 살인사건이었다면 어땠을까. 총은 너무 깔끔하다.
아직 우리에게 현실감을 주지 못한다. 그게 아니라면 누군가가
데스크 뒤에서 관련 기사를 막고 있는 것일까.

　　한참을 뒤진 끝에 한옥인에게 1심에서 징역 20년이 선고되
었다는 짧은 기사를 찾아냈다. 이 1심 재판에 현도 참석했다. 한
옥인이 죄를 경감받으려는 어떤 방어도 하지 않고 있어서 이대
로 간다면 형량이 세게 선고될 처지라고 변호사가 걱정을 하기
도 했고, 현이 변호사에게 보낸 녹취록 파일이 재판에 얼마나
도움이 됐을지 기대감을 가지고 예정된 재판 날을 일찌감치 비
워두었다. 재판 이틀 전부터는 한옥인의 가족이라도 된 듯 잠을
설칠 정도로 긴장했다.

　　재판에서 다뤄진 쟁점은 두 가지였다. 사장에 대해서는 미필
적 고의에 의한 살인인지에, 차장에 대해서는 정당방위 여부를
놓고 공방이 벌어졌다. 한옥인과 차장의 손에서는 화약반응이
있었고 사장의 손에서는 화약반응이 없었다. 그것이 고양이를
향해 쏜 총이 오발되어 사장이 사망했다는 한옥인의 진술에 신

빙성을 주었으나 검사는 그것만으로는 사장의 사망에 한옥인의 책임이 없다는 변론을 받아들일 수 없다고 주장했다. 차장을 쏜 것이 정당방위라는 요건을 충족시키기 위해서는 차장의 총이 한옥인을 향해 먼저 발사되었음을 밝혀야 했지만 이를 증명할 어떤 것도 찾지 못해 불리하게 작용했다. 변호사는 과대망상이나 심신미약의 이점을 활용하기 위해 한옥인의 정신과 감정을 의뢰했지만 총상으로 인한 외상 후 스트레스 장애의 징후를 제외하면 지극히 정상이라는 소견이 나와 별로 도움이 되지 못했다.

사장과 차장에게 발사된 총알은 국과수 조사대로 기존의 어떤 총알과도 일치하지 않아서 사제 총기의 총알일 것이라고 최종 결론을 내렸다. 한옥인은 그 총이 1800년대 후반 유럽의 한 왕비의 손에 맞춤하게 제작된 수제총이라고 일관되게 주장했으나 총이 현장에서 사라져 확인할 수 없었다. 한옥인을 중태에 빠뜨린 차장이 쏜 총알은 현장에서 발견되었는데 그것은 그동안의 단점을 보완한 최신형의 K2 총알로 밝혀졌다. 한옥인은 사장의 지시로 부산에서 총을 인수해왔는데 그 총기인 것 같다고 진술해 부산 관할 당국에 조사를 요청했다고 밝혔다.

이 모든 실마리를 쥐고 있는 사라진 부장과 또 다른 인턴사원 진 씨의 행방을 추적했으나 오리무중이었다. 부장의 경우 어렵게 경기도 외곽에 위치한 거주지를 찾아냈으나 그곳은 재개발 지역으로 이미 대부분의 세대가 이주한 상태였다. 부장의 집도 쓰레기가 쌓인 채 방치되어 있었고 그 뒤로는 부장의 흔적을 찾을 수 없었다.

현은 방청석에서 재판을 끝까지 지켜보았다. 수의를 입은 한옥인은 핏기 없는 얼굴을 숙인 채 눈물을 흘리는지 가끔 눈가를 닦았다. 방청석에는 한옥인의 어머니로 보이는 조로한 여인이 계속 눈물을 흘리며 가끔 탄식을 내뱉고 있었다. 현은 일찍 홀로 되어 딸을 키우며 힘들게 인생을 살아온 그분을 생각하고 감정이 울컥했다.

한옥인이 사장과 차장을 살해한 것은 변할 수 없는 사실이기 때문에 변호사는 몇 년이라도 감형을 받기 위해 한옥인이 그럴 수밖에 없었던 이유를 여러 판례를 들어가며 열정적으로 변론했지만 현은 재판이 끝날 때까지 자신이 힘들게 인터뷰한 내용이 언급되지 않아 실망했다. 재판이 끝나고 한옥인이 피고인석에서 일어서다가 잠시 뒤돌아 현을 바라보았다. 그 붉은 눈길에는 감사의 마음이 담겨 있었다. 자신의 이야기를 털어놓은 것이 재판에 직접적인 도움이 되지는 못했지만 자신의 무죄를 믿어줄 사람이 이 세상에 단 한 사람이라도 있다는 위로였을까.

현은 한 달여 후 한옥인에게 20년 형이 선고된 기사를 보고 놀라 변호사에게 전화를 걸었다. 김수정의 죽음을 둘러싼 사장과 차장의 수상쩍은 정황들과 비밀 카페인 트리거트리거의 연관성, 사장의 불법적 총기 취득과 건 배틀에 참여할 수밖에 없었던 인턴사원으로서의 압박들, 오발로 인한 총격 사건의 내막이 인터뷰에 다 수록되어 있는데 왜 증거 자료로 쓰지 않았는지 물었다.

—건 배틀을 한옥인 씨가 제안한 거잖아요. 그 불리한 걸 우

리가 나서서 주장할 필욘 없죠.

—한옥인 씨는 진명유와의 서바이벌 경쟁에서 밀려날 상황이었기 때문에 최후의 선택으로 건 배틀을 주장한 거잖아요. 현장에서 사용한 총기들도 다 사장이 밀매한 것이고요.

—무슨 말씀인지는 알겠는데, 인터뷰 내용을 막상 증거 자료로 쓰려고 하니 생각보다 황당한 부분들이 많더라고요. 그걸 증거로 제출했다가는 더 불리할 거라고 생각했어요.

—20년 형보다 더 불리할 것이 있나요? 의도적으로 사람을 죽인 사건도 계획성이 입증되지 못하면 10년 형입니다. 그런데 어쩔 수 없는 상황에 내몰린 한옥인 씨가 왜 20년을 살아야합니까?

현의 목소리가 날카로워졌다. 수화기 너머가 조용했다. 주제를 모르고 따진 현이 사과를 해야 하나 망설이고 있을 때 변호사가 풀 죽은 목소리로 말했다.

—그 부분에 대해선 저도 할 말이 없습니다. 솔직히 그렇게 세게 나올 줄은 예상하지 못했습니다. 정당방위가 참작되지 않은데다 미필적 고의가 인정된 게 치명적이었어요. 혐의가 가중되다 보니 세게 떨어졌어요. 미필적 고의만이라도 과실치사로 받아들여졌다면…… 직접증거가 없다 보니 이쪽에서 주장할 수 있는 게 정황증거뿐인데 판사가 전혀 받아들이지 않았어요. 결과론적이지만 한옥인 씨가 너무 소극적이기도 했고요.

인터뷰 내용을 보고서 울컥했다느니, 한옥인 씨가 억울하겠다느니 적극적으로 임하던 변호사가 이제 와서 딴말을 하는 게 답답했다.

─인터뷰 내용이 황당하다고 하셨는데, 어떤 게 황당하다는
건가요? 저는 전혀 그렇게 생각되지 않았습니다. 변호사님도
충분히 한옥인 씨의 처지를 이해한다고 하셨잖습니까.

─그 잡지사를 찾아가보셨나요?

─아니요.

─저는 사무관과 함께 찾아가보았습니다. 그 잡지사라는 구
옥은 있었으나 그곳에는 이미 다른 사람이 살고 있었습니다. 그
곳이 살인 현장이 아니니 보존을 요청할 수 없기는 했지만 그
렇게 빨리 매매가 되어 다른 사람이 들어와 살 것이라고는 생
각하지 못했어요. 그리고 더 중요한 것은요,《건》이라는 잡지를
찾을 수 없었습니다.

─그건 인터뷰에도 나와 있지 않나요? 시중에 판매하지 않
는다고요.

─설마 제가 국선이라고 설렁설렁했다고 생각하시는 건 아
니겠지요?

변호사가 목소리를 돋웠다. 현은 뜨끔했다. 현의 무의식에
그의 실력을 믿지 못하는 측면이 있었다.

─저는 한옥인 씨의 변호사이고, 한옥인 씨의 억울한 입장을
충분히 공감하기 때문에 인터뷰 내용을 믿고 싶습니다. 아니,
믿습니다. 어렵게 집 주인을 설득해서 회사 지하에도 내려가보
았어요. 도서관같이 꾸며놨다고 하던데 그냥 곰팡이 핀 지하 창
고였어요. 인터뷰에 있듯이 라면 박스 같은 것이 있어서 살펴보

니 필사한 공책 몇 권과 간이영수증이 있긴 하더군요.

—그거면 충분하지 않나요?

—충분하지 않습니다. 현 선생님. 이건 살인사건이라고요. 순두부찌개나 커피믹스를 산 간이영수증만으로 한옥인 씨의 무죄를 주장할 수는 없습니다. 사장실에 진열되어 있던 총이라든지, 사건에 사용된 빈티지 총도 나오지 않았잖아요. 하다못해 《건》조차 확보하지 못해 회사의 존재 자체를 증명할 수 없는 상태에서 소설처럼 쓰인 주관적인 자료를 증거로 채택할 수는 없지요.

—소설처럼 쓰인 게 아니라 그건 소설입니다.

—지금 저더러 소설을 인용해 재판을 하라는 건가요?

변호사가 기다렸다는 듯이 소리를 질렀다.

—그러나 맹세코 제가 허구로 넣은 내용은 하나도 없습니다. 모두 옥인 씨의 리얼하고 생생한 논픽션이었습니다. 변호사님도 잘 아시잖습니까.

—항소심 준비를 잘 해서 몇 년이라도 감형을 받도록 해봐야죠. 한옥인 씨도 충격을 받았는지 1심 때보다는 마음을 열고 있으니까요.

변호사는 더 이상 말하고 싶지 않은 듯 전화를 끊어버렸다.

퐁퐁

한옥인은 살이 너무 빠져 못 알아볼 정도였다. 20년이라니, 아무리 자신이 저지른 죄값을 받는다고 다짐했다 해도 힘든 시간을 보내고 있을 것이다.

─꿈을 꾸었어요. 저는 장미총의 트리거를 쥐고 있었어요. 엄지 뼈는 먹이를 흡입하려는 새의 부리처럼 활짝 벌어져 있었어요. 누구를 향해 총을 쏘려고 하는지 상대의 얼굴은 정확히 보이지 않았어요. 제가 총을 쏘자 그 사람의 입가에 피가 흘렀어요. 그런데 자세히 보니 화과자의 붉은 액체였어요.

현은 도대체 이 여자가 20년이 어떤 형량인지 알고 꿈 타령을 하고 있는 건지 답답해 왜 항소심을 포기하려는 거냐고 물었다. 항소심 신청 기한이 며칠밖에 안 남았는데 포기하겠다고 고집을 부린다며 한옥인을 설득해달라고 변호사가 만남을 주선한 것이다.

─변호사님도 형량을 줄일 수 있는 게 반성문이나 탄원서 정도밖에 없다고 하더라고요. 잡지도, 트리거 카페도, 장미총도

찾지 못했다고요. 부장님도 진명유도 어디에 숨어 있는지 안 나
오는데 설령 그들을 찾는다 해도 그들이 저에게 유리한 증언을
해줄까요? 제가 감옥에 있는 게 그들도 편하겠지요. 항소해보
았자 달라질 게 없을 거 같아요. 재판 과정이 너무 괴로워요. 그
냥 빨리 형이 확정되면 차라리 마음 편할 거 같아요.

　─사장은 오발이 분명하고, 차장의 경우도 옥인 씨가 먼저
차장을 쏘지 않았다면 옥인 씨가 죽었을 테니 정당방위라고 봐
야겠지요. 짓지 않은 죄까지 뒤집어쓸 필요가 있나요?

　─폭력적인 기사들을 필사하고 사진을 모사하면서 어쩌면
제 무의식에는 이미 총 쏘는 것을 모방하고 있었는지도 몰라요.
사장이나 차장 모두 진명유를 편애하는 걸 보면서 무의식 깊이
죽이고 싶다는 마음이 숨어 있었는지도요.

　─죽이고 싶다는 마음만으로 살인죄가 되지는 않습니다. 일
단 증거를 찾는 게 중요합니다. 잡지는 옥인 씨한테 있지 않나
요? 가을호 발간되었다면서요.

　─정직원이 되면 가져갈 수 있다고, 그 전에는 유출되면 안
된다고 했어요. 간판이 달려 있지 않은 평범한 주택을 회사로
사용한 것도 이런 날을 대비한 거 같아요.

　─이 사건의 경우 정황증거뿐인데 옥인 씨는 왜 그걸 포기
하는지 모르겠네요. 변호사님한테 저에게 진술했던 내용들을
더 강력히 어필해보세요.

　─정황증거는 채택되는 경우가 극히 드물어요. 특히 건 배틀
로 노숙인을 살해했다는 것이나 김수정을 청부 살해했다는 것,

총기 소지 허용 이슈, 사장님 가문의 역사 왜곡처럼 그 어떤 증거도 없는 허황된 음모론을 누가 믿겠어요. 저도 도일 씨가 얘기할 때 믿지 않았는데요.

현은 사장의 장례식장에 가보았다. 사건이 명확하게 규명되지 않아 뒤늦게 장례식이 치러졌다. 독립운동가의 후손이고 사회에 영향력 있는 인사로서 그의 마지막 가는 길은 화려하게 치장되었다. 외국에서 학위를 받아 교수를 하는 큰아들, 탄탄한 중견기업을 이끄는 덕망 있는 작은아들과 대학병원 과장을 맡고 있는 딸은 아버지의 갑작스러운 죽음으로 깊은 슬픔에 젖어 있었다. 더 이상 조화를 세워둘 자리가 없어 겹겹이 포개놓은 100여 개가 넘는 리본들은 사장의 덕망을 나타내는 지표였다. 박 씨라는 사람의 주장은 충분히 음모론으로 비춰질 수 있다.

―신고했다는 분은 박도선으로 되어 있던데 도일 씨인가요?

―네. 맞아요. 도일이 닉네임이고 본명은 박도선이래요.

―그 사람은 어떻게 알고 현장에 온 건가요?

―제가 전화와 메일까지 다 차단했더니 김수정처럼 위험에 빠질까봐 제 주변을 계속 미행했나봐요. 경찰 조사에서는 미행이라고 하면 이상한 사람 취급 받을까봐 위치추적을 해서 찾게 되었다고 말했대요.

―그 사람이 면회는 왔나요? 증인으로 나서면 좀 도움이 되지 않을까요?

―사장님 아들한테 고소를 당할 상황이 되자 진술을 철회하고 조용히 몸을 사리고 있는 모양이에요. 경찰서에 자꾸 들락거

리다 참고인이 용의자로 돌변해 죄를 뒤집어쓰는 경우도 많으니까요.

—인터뷰에서 박제한 뱀으로 착각했던 총이 장미총이라고 했는데 그럼 옥인 씨가 부산에서 인수해 온 총은 뭔가요?

—그게 최신형의 K2총이었어요. 차장이 제게 쏜 것이요. 장미총은 머리 위에서 우리를 내려다보고 있었는데 사장은 건 배틀에 쓰일 가장 최신형의 K2 인수를 위해 뭔가 그럴듯한 명분을 주고 싶었던 거 같아요.

—그럼 장미총과 K2는 부장이 가지고 사라졌나요?

—부장 아니면 진명유일 수도 있어요. 진명유가 트리거 카페 회원이었으니까요. 한 가지 부탁이 있어요.

뭔가 취조하는 분위기로 흘러 미안하던 참이라 그녀의 부탁이 반갑게 들렸다.

—무엇이든지요. 제가 할 수 있는 거라면.

—저희 집에 가서 형광등 좀 갈아주실래요? 건 배틀이 있던 날 형광등 절반 이상이 먹통이 들었는데 그게 걸려요. 집에 화분이 하나 있는데 만약 안 죽었으면 물도 좀 주시고요.

부탁이라는 게 기껏 형광등을 갈고 화분에 물을 주라는 것이라는게 한심해서 현은 자신도 모르게 혀를 찼다.

—또 다른 부탁은 없나요?

—엄마에게 다녀와주실 수 있을까요? 엄마가 몇 번 면회를 신청했는데 평생 고생만 하신 분에게 이런 꼴을 보여드리고 싶지 않아 거절했어요. 걱정 많이 하고 있을 거예요.

―뭐 전하실 말씀이라도…….

―저 잘 있다고만 전해주세요. 곧 나갈 테니 걱정하지 말고 식사 거르지 마시라고요.

인터뷰 내내 담담한 모습을 보여주었던 그녀가 엄마 얘기를 하면서는 눈물을 글썽였다.

***

한옥인의 인터뷰가 소설이 아님을, 한옥인이 사장과 차장을 쏠 수밖에 없었던 정황을 입증하기 위해서 인터뷰에 등장하는 곳들을 찾아다니면서 직접 확인해보기로 했다. 이 사건에 별로 끼어들고 싶지 않은데 이상하게 무언가가 현을 끌어당겼다. 그게 무엇인지는 모르겠다. 현은 자신이 정의롭다거나 불의에 맞서 싸우는 사람이라고 생각해본 적은 없다. 그럼에도 왜 이 사건에 깊이 개입하는가. 현에게만 유일하게 마음을 터놓은 그녀에게 보답의 선물을 하고 싶었다.

제일 먼저 화과자 가게를 찾았다. 개량한복을 입은 주인이 '어떤 걸로 드릴까요, 선물하실 거세요, 드실 거세요?'라고 물었다. 데자뷰 같은 상황에 현은 2만 5천 원짜리를 선물용으로 달라고 했다. 화과자 쇼핑백을 들고 반대편 출구로 나와 먹자골목으로 들어섰다. 지난번에 먹어보았던 순두부찌개 가게를 지나 건 배틀을 제안한 죗값으로 헌금을 했던 작지만 고풍스러운 성당을 지나 조심스럽게 골목 안으로 걸음을 뗐다. 있었다. 붉은 벽돌로 지어진 2층 단독주택. 도심 한가운데의 비싼 땅에 아파트가 아닌 빌라와 단독주택의 구옥들이 몰려 있는 것이 의아했지만 땅값이 너무 비싸서 오히려 대단지 아파트를 신축하거나 재개발하기 어렵다는 말을 들은 것 같았다.

겉보기엔 평범한 구옥이지만 이곳의 벽에 뱀피로 착각한 장미총 액자가 걸려 있고 2층 사장실 총 장식장 앞에는 120킬로거구의 사장이 앉아 있다. 발돋움을 해서 안을 들여다보려고 했으나 담이 높아 볼 수 없었다. 대문에 바짝 얼굴을 들이밀어 철문 틈으로 안을 들여다보았다. 잔디 사이에 포석이 놓여 있고 담을 빙 둘러 다양한 수종의 나무들이 심어져 있었다.

현이 용기를 내서 인터폰을 눌렀다. 두 번의 신호 끝에 여자가 누구시냐고 물어서 이곳이 예전에 잡지사였냐고 물었다. 아무 대답도 없이 인터폰이 끊겼다. 다시 인터폰을 눌렀지만 받지 않았다. 한 시간 쯤 서성이자 차 한 대가 골목으로 들어오더니 집 뒤로 돌아가는 게 보였다. 현이 달려가 차고가 닫히기 전에 안으로 들어가는 데 성공했다. 남자가 차에서 내리더니 남의 집에 무단 침입해서 뭐 하는 거냐고 소리를 질렀다. 현은 지금 억울하게 20년 형을 선고받은 사람이 감형을 받을 수 있는 유일한 증거가 이 집에 있다고 자초지종을 설명했다. 현의 진심 어린 사과에 남자도 마음이 풀어졌는지 지난번에도 사람들이 찾아와 난처했다며 집을 산 죄밖에 없는데 사생활을 침해당하니 기분이 좋을 수가 없어서 그렇다고 해명했다.

남자가 정원의 포석을 딛고 가는 길로 현도 따라갔다. 포석은 현의 보폭에도 딱 맞아떨어졌다. 기대를 가지고 거실로 들어간 현은 실망할 수밖에 없었다. 실내는 새로 인테리어를 해서 인터뷰 내용과는 딴판이었다. 열 명이 앉을 수 있는 회의용 책상 대신 화이트 가죽소파와 대리석 티 테이블이 놓여 있었다. 바닥은 밝은 원목으로 시공되어 고급스러웠다. 계단도 계단참이 있는 낡은 계단이 아니라 나선형의 세련된 디자인으로 바뀌었다. 뼈대만은 건드릴 수 없었던 듯 계단 뒤쪽에 지하실로 가는 작은 문이 보였다. 현이 가장 궁금했던 총 액자가 걸렸을 법한 벽면에는 젊은 부부와 초등학생 둘이 활짝 웃고 있는 가족사진이 걸려 있었다.

—혹시 집을 보러 왔을 때 이 자리에 액자 같은 것이 걸려 있진 않았나요? 빈티지 총 액자요.

—총이라고요? 여긴 빈집이었습니다.

—혹시 인테리어를 하기 전의 사진 같은 것이라도 있을까요?

—아, 비포 사진이라며 인테리어 사장님이 찍어서 보내준 게 몇 장 있을 텐데…….

남자가 핸드폰을 뒤져서 사진을 보여주었다. 모든 치장을 걷어낸 누추한 구옥이었다. 한옥인이 건 배틀을 제안한 후 사장의 호출을 받고 올라가던 낡은 계단이 있었다. 아무것도 없는 계단인데도 긴장한 한옥인의 뒷모습과 삐걱거리는 계단 소리가 들리는 듯했다. 사진들을 한 장씩 살피던 중 천장에서 내려온, 아주 가느다란 철끈이 매달려 있는 사진에 시선이 멈췄다. 지금은 가족사진이 걸려 있는 자리였다. 저 철끈에 뱀을 박제한 것으로 착각한 장미총 액자가 걸려 있었다. 현은 지하실도 구경하고 싶다고 했지만 남자가 더 이상 허락하지 않았다. 지하실에 있던 박스는 변호사라는 사람이 수거해 갔고 지금은 애들이 안 쓰는 장난감 몇 개뿐이라고 했다. 현은 더 이상 강요할 수 없어 고맙다고 인사를 하고 나왔다.

골목이 어두워짐에 따라 현관에 달려 있던 등이 뿌옇게 빛을 발했다. 어둠 속에 밝은 빛으로 떠오른 섬 같았다. 현은 한옥인이 화과자를 사 오던 날 이곳에서 진명유와 차장이 나오는 것을 목격했던 장면을 떠올렸다. 둘이 너무 잘 어울렸다고 했다. 둘이 골목으로 사라지고 자신만 무리에서 배제되는 그 기분을 한옥인과 똑같은 화과자 쇼핑백을 들고 있는 현에게도 생생하게 전달되었다.

현은 한옥인이 알려준 어머니 집으로 향했다. 버스가 시장 앞에 섰다. 시장은 리모델링 공사 때문에 가림막이 쳐져 들어갈 수 없었다. 어머니의 집은 시장에서 5분 정도 떨어진 곳에 있는 작은 빌라였다. 모든 범죄자의 어머니들이 그렇듯 한옥인의 어머니도 딸이 살인을 했다는 것을 믿을 수 없어 했다.

—그 애는 아버지 얼굴도 못 보고 자란 애예요. 남편이 시아버지가 벌였던 소송에 휘말려 시달리다 일찍 세상을 떠서 그 애에게 세상이 얼마나 무서운지 자주 말했습니다. 예의범절 같은 것도 어려서부터 엄하게 가르쳤고요. 그랬는데도 걔는 세상물정을 몰랐어요. 초등학교에 입학하자마자 적응을 못해서 자퇴한 걸 보면 말 다 했죠. 그런 어리버리한 애가 무슨 사람을 죽

일 수 있겠습니까.

—혹시 옥인 씨가 다녔던 회사에서 출간된 잡지를 보신 적 있나요?

—아니요. 책은 안 갖다 주고 첫 월급 받았다고 저 꽃을 사왔기에 뭔가 이상하다 싶었습니다. 그 애가 책 맹그는 회사 다닌 게 아니었죠?

—아, 아닙니다. 다녔습니다.

문갑 위에는 작은 화분이 놓여 있었다. 동그란 하얀 꽃 두 송이가 피어 있었다. 퐁퐁은, 그녀와 인터뷰할 때 처음 들어본 꽃 이름이어서 궁금했는데 실제로 보니 '폼폰'이었다. 화원 주인이 틀렸을 리는 없고 한옥인이 잘못 들은 거 같았다. 화분 옆에는 핑크 리본이 달린 향수병이 놓여 있었다. 향수는 아까워서 안 썼는지 새것 그대로였다.

—아이고, 내 정신 좀 봐. 손님 오셨는데, 차도 안 드리고.

—괜찮습니다. 제가 불쑥 찾아와서 죄송하죠. 이건 화과자입니다.

—아니, 뭘 이런 걸 다. 이건 딸애가 예전에 사온 거네요. 방 청소해주러 갔는데 저 화과자가 있길래 먹어봤지요. 선생님 하나 드셔보세요. 맛나던걸요.

현은 어머니가 건네는 것을 받아서 조심스레 포장을 벗겼다. 한옥인과 사장과 차장이 먹었던 순서대로 포장을 벗기고, 잣을 음미한 후 한 입 베어 먹었다. 피처럼 붉고 끈적이는 액체가 흘러나왔다. 마지막 한 입까지 천천히 저작하며 한옥인에게 강렬한 인상을 주었던 감각을 느껴보려 했지만 특별한 미각을 선사하지는 않았다. 너무 달아서 별로 좋아하지 않는 흔한 화과자의 맛 이상은 아니었다. 한옥인은 심리적으로 불안정한 상황에서 극강의 달달한 화과자를 먹으면서 미각의 극치를 맛보았다고 착각한 거 같았다.

현은 어머니가 내온 차를 마시면서 옥인 씨에게 20년 형이 선고됐다는 말을 했다. 어머니는 낯선 사람 앞에서 울음을 참느라 얼굴이 흉하게 일그러졌다. 얼굴을 일그러뜨리는 것으로 슬픔을 견뎌온 듯 주름이 골을 따라 깊이 패였다.

—못난 어미 만나 고생했는데, 어미라는 사람이 아무것도 해 줄 능력도 없고……. 우리 딸 너무 힘들게 자랐어요. 제발 도와주세요.

역시 아무런 힘이 없는 현의 두 손을 꼭 잡으며 간절히 부탁하는 어머니의 모습에 현의 눈시울도 젖었다.

—한옥인 씨는 정당방위예요. 여러 증거들이 있고 곧 항소심이 열릴 거니까 감형이 될 겁니다.

한옥인이 부탁했던, 곧 출소할 거라는 말은 전하지 않았다. 육고기를 손질하느라 손등에 온통 잔 칼자국이 난 이 초라한 어머니에게 희망고문을 하고 싶지는 않았다.

형광등을 사서 한옥인의 원룸으로 향했다. 원룸이라기보다는 고시원에 가까운 좁고 오래된 방이었다. 한옥인의 작은 방 책상 위, 압정에 꽂혀 있는 총을 들고 있는 아프리카 소년을 보는 순간 현은 자신이 왜 한옥인의 인터뷰에 마음이 움직여 그녀의 죄를 경감시키기 위해 증거를 수집하러 돌아다니는지 그 이유를 깨달았다. 자신 또한 사회의 중심으로부터 배척당해왔음을, 힘 있는 자들의 울타리 안으로 들어가 그들과 함께 샴페인을 터뜨리며 웃고 싶었으나 기웃거리는 기회조차 갖지 못했음을, 불법으로 권력과 부를 획득한 뒤 그 힘으로 더 큰 불법을 저질러 당당하게 사회의 중추적인 인물로 살아가는 이들을 벌할 수 있는 건 '총을 든 선인'이 되는 것뿐임을 깨달았기 때문이다.

현은 빈방에 주인이 돌아왔을 때 반갑게 맞이할 수 있도록 새 형광등을 달았다. 방 안이 환해졌다. 반짝 켜진 형광등 불빛이 책상에 놓여 있는 campus 노트를 비췄다. 현은 폭력으로 얼룩진 한옥인의 필사 노트를 가방에 담았다. 책꽂이를 훑어보던 중 '나의 조국, 나의 동지'라고 쓰인 하드커버 책을 발견했다. 첫 장에는 사장의 아버지와 어린 시절의 사장, 그리고 인천에서 쌀가게를 할 때 재혼했다는 부인과 함께 찍은 사진이 있었다. 똘망똘망해 보이는 어린 사장은 100킬로그램이 넘는 거구의 사장과 매치가 되지 않았다. 한옥인이 사장과 차장의 죽음을 안 뒤 자해를 했다는 것이 이해가 갔다. 그렇다 해도 20년은 너무 가혹하다. 이 사건에는 가해자는 없고 피해자만 있다는 생각이 들었다.

도일의 마티스 와인바는 사라지고 없었다. 도일을 만나면 사건을 명확하게 파악할 수 있을 것으로 기대하고 한옥인에게 주소를 받아 왔지만 지금은 PC방 간판이 걸려 있었다. 지하로 내려가는 계단에 폼폼 화분은 보이지 않았다. 카운터를 지키고 있는 알바생에게 이 가게가 생긴 지 얼마나 됐느냐고 묻자 일을 시작한 지 며칠 되지 않아 자신은 잘 모른다고 했다. 한옥인의 인터뷰에 의하면 와인바 안쪽 사무실에는 총이 진열되어 있었다고 했다. 도일은 그 총이 진품이라고 했고 진명유는 모조품이라고 했다. 누구의 말이 맞는 걸까.

현이 알바생에게 고맙다고 인사를 하고 돌아서려는데 카운터 포스기 옆에 작은 폼폼 화분 두 개가 놓여 있었다. 문득 이상한 기분에 가게 안으로 들어가 둘러보았다. 흡연실 근처 양쪽 벽면에 마티스의 〈이카루스〉와 〈춤〉이 마주보고 걸려 있었다. 처음에 봤을 때는 PC방 전체가 너무 어두워 눈에 띄지 않았던 것이다. 〈이카루스〉 아래서는 반대편에 걸린 〈춤〉이 잘 보였고 〈춤〉 아래서는 〈이카루스〉가 잘 보였다. 등잔 밑이 어둡듯이.

현은 근처 부동산으로 들어가 PC방 전에 어떤 가게가 들어와 있었는지 물었다. 와인바였는데 주인이 급하게 외국에 나가게 되었다면서 권리금도 받지 않고 가게를 내놨다고 말했다. 입소문 덕에 단골들도 제법 많아서 와인바를 인수할 사람을 알아봤는데 워낙 위치가 애매했고 주인 남자도 빨리 처분하길 원해 결국 PC방을 하겠다는 사람에게 팔렸다고 했다. 결국 도일은 민사소송에 휘말리기 싫어서 해외로 도피한 거 같았다.

사무실이었던 2층 단독주택 구옥도, 와인바도, 모든 흔적들이 말끔하게 지워지고 있다. 사장도, 차장도 사망했지만 누군가 용의주도하게 증거가 될 만한 것들을 인멸해나가고 있다. 잠적

한 부장과 진명유가 어디선가 뒤처리를 하고 있는 것일까. 현은 이 모든 정황을 추적한 자료들을 이미지 파일로 만들어 변호사에게 메일로 보냈다. 이제 모든 것이 현의 손을 떠났다. 재판 결과가 어떻게 나오든 승복해야 한다.

항소심

현은 항소심 재판에 꼭 참석하려고 했지만 지방에 급한 일이
생겨서 참석하지 못했다. 선고가 예정되어 있던 날 변호사에게
전화를 걸어 결과를 묻자 오후에 나온다고, 나오는 대로 전화를
주겠다고 했다. 현은 그 몇 시간 동안 방을 서성이며 불안한 시
간을 보냈다. 항소심에서도 20년 형이 선고된다면 상고에서 뒤
집힐 가능성이 많지 않다. 단 5년이라도 감형을 받게 된다면 모
범수 감형을 통해 10년 복역도 가능하기에 그렇게라도 되었으
면 좋겠다고 생각했다.

핸드폰 액정에 변호사의 번호가 뜨자 현은 어떻게 됐느냐고
다짜고짜 물었다. 집행유예가 선고되었다는 사실을 전하는 변
호사의 목소리는 감격에 차 울먹거리는 것처럼 들렸다. 감형만
도 감사한데 집행유예라니 믿을 수 없어서 확실하냐고 현이 되
물었다. 변호사도 말을 잇지 못했다. 현은 친동생이 혐의를 벗
은 듯 벅찬 기분이었다. 빈티지 총이 발견되지 않아 총기 밀매
에 대한 혐의도 벗었다. 1심에서는 빈티지 총이 발견되지 않은

점이 높은 형을 선고하는 데 일조했는데 아이러니한 일이었다.

　—고생 많으셨습니다. 변호사님이 아니었으면 이런 결과가 나오지 못했을 겁니다.

　—무슨 말씀을요. 지금에야 털어놓는 거지만 사실 기대하지 않았어요. 직접증거 없이 정황증거만으로는 극적으로 뒤집기 어렵거든요. 현 선생님이 직접 찾아다니면서 증거를 찍은 사진을 항소심에서 영상으로 만들어 튼 것이 결정적이었죠. 인터뷰 내용처럼 한옥인 씨가 사장과 차장의 지시를 거부할 수 없는 인턴사원이었던 것과 한옥인 씨가 사격에 몰입해 있는 사이 뒤쪽 소파에 앉아 있던 사장이 표적물 가까이 이동한 것이 받아들여진 것이지요. 한옥인 씨가 그것까지는 예측하기 어려우니까요. 검찰에서는 사건을 자꾸 조용히 덮으려 하지, 한옥인 씨는 모든 죄를 인정하고 방어를 하지 않지, 현 선생님이 인터뷰에 드러난 정황들을 다 체크해주셔서 저 또한 의뢰인의 무죄를 확신하고 구해내려는 공명심이 일었습니다.

　둘은 사이좋은 형제처럼 서로의 공으로 돌렸다.

　—저도 취재 중에 뭔가 보이지 않는 손이 작용해 이 사건을 덮으려는 걸 느껴 더 열심히 취재를 했던 거 같습니다. 그렇다 해도 그건 다 정황증거일 뿐이었죠. 변호사님이 증인을 채택한 게 결정적으로 작용했죠. 어떻게 증인을 섭외하셨나요? 우리나라에서 총과 관련된 증인을 수배한다는 게 쉽지 않았을 텐데요.

　—사장을 향해 쏜 것과 차장을 향해 쏜 것, 둘 다 붙들고 감형을 주장하다가는 전부 놓칠 거 같았어요. 차장을 향해 트리거

를 당긴 것이 정당방위였는가에만 집중하기로 했죠. 그렇지만 현장에 있었던 증인들의 행방을 찾을 수 없으니 차장이 먼저 쏘았기 때문에 한옥인 씨가 정당방위로 쐈다는 것을 증명할 방법이 없었습니다. 할 수 없이 차장이 쏘았던 총알이 한옥인 씨를 향했다는 것을 입증하는 데 주력했습니다. 그래서 탄피 전문가들을 수배했습니다.

우리나라에서 총기사건이 주로 일어나는 곳은 군부대죠. 예전에 군부대 총기사건을 담당했던 변호사를 찾아가서 당시 증인을 섰던 총기 전문가와 시뮬레이션 전문가에게 증인신청을 했습니다. 차장과 한옥인 둘 다 거의 동시에 트리거를 당겼다고 했으니 그것만 입증하면 해볼 만하다고 생각한 거죠. 한옥인 씨가 진술했던 고양이의 위치, 사장과 차장이 서 있던 위치와 그 상태에서 한옥인 씨를 향해 쏘았을 때 탄환의 방향을 시뮬레이션해서 입증했습니다.

반대편 컨테이너에 박힌 K2 총탄의 흔적이 증거였습니다. 그 전문가는 이렇게 증언했습니다. 만약 한옥인 씨가 차장을 향해 쏘지 않았다면 한옥인 씨는 사망했을 거라고요. 한옥인 씨는 아마추어라 격발 시 반동이 전문가들보다 컸을 것이고 이 움직임 때문에 차장의 총알이 미세하게 빗나가 치명상을 입지 않았다고요. 오히려 차장이 1밀리미터의 오차도 없는 최고의 명사수이다 보니 한옥인 씨가 목숨을 부지한 것이지요. 사장이 서 있었던 위치 바로 옆의 벽에 고양이의 발톱 자국으로 추정되는 스크래치를 발견하게 되어 한옥인이 고양이를 쏘려고 했다는 것도 간접증거로 채택되었습니다.

2년 전, 우리나라도 개인의 총기 소지를 허용해야 한다는 법안이 신명진 상임위원장에 의해 국회에 발의된 정황을 찾아낸 것도 한옥인의 진술을 신뢰하는 데 영향을 미쳤다. 변호사가 신명진의 사진을 한옥인에게 보여주자 함께 밴을 타고 폐놀이공원에 갔던 신 위원장이 맞다고 진술했다. 그 진술에 탄력을 받아 변호사 사무관이 신명진을 찾아갔으나 만남을 거절당했다. 신 위원장은 보좌관을 통해 자신은 최 사장이라는 사람을 만난 적도, 알지도 못한다는 답변을 보내왔다. 이 답변이 오히려 변호사를 확신으로 이끌었다. 변호사는 법안 발의와 관련해 몇 개의 질문을 만들어 신 위원장에게 이메일을 보냈다. 신 위원장이 답변서를 보내왔다.

저는 국내에서 총기 소지 허용을 해야 한다는 당위성을 위해 법을 발의한 것은 아닙니다. 법안 발의는 때로 그것의 실질적인 효력보다는 파생 효과를 염두에 두고 하는 경우가 많습니다. 인터넷이 폭발적으로 활성화되면서 여러 부작용이 발생하고 있었는데 그중 하나가 고스트 건 등 사제 총기로 인한 사고였습니다. 인터넷을 통해 불법적인 수급이 활발히 이루어지고 있었고 조잡한 사제총의 제작 영상이 떠돌며 높은 조회수를 보이며 공유되던 시점이었습니다. 그런 상황을 좌시할 수 없어 경각심을 울리기 위해 법안을 발의한 것뿐입니다.

다시 한번 밝히지만 저는 최 사장이라는 사람을 알지 못할 뿐
만 아니라 단 한 번도 만난 적이 없습니다. 이러한 입장을 밝
혔음에도 불구하고 재차 모종의 사건과 저를 엮으려 한다면
저를 음해하려는 정치적 뒷배경이 있는 것으로 간주하고 법
적 조치를 취할 것임을 명시하는 바입니다.

출소

한옥인이 출소하던 날, 현은 짧은 문자를 받았다.

너무너무 고맙습니다.
작가님이 없었다면 오늘 같은 결과는 없었을 겁니다.
저에겐 생명의 은인이세요.
그리고 형광등을 갈아주셔서 감사해요.
퐁퐁에 물도 주셨더군요.
집에 돌아왔을 때 퐁퐁도 살아 있고
방도 환해서 한참 울었어요.
남은 인생 밝게 살아갈게요.
당장 찾아뵙고 감사 인사를 드리고 싶지만
몇 달 외국에 나가 쉬었다 오려고요.
다녀와서 꼭 찾아뵐게요.

모든 길은 만나게 되어 있다.

누군가의 삶에 개입해 20년이라는 시간을 선물했다는 자족
감에 며칠을 몽롱하게 보냈다. 꽤 인지도 높은 장편 추리소설
공모가 뜬 걸 보고 한옥인의 이야기를 소설화해야겠다고 생각
하고 자료를 정리하던 중 잊고 있던 한옥인의 필사 노트를 발
견했다. campus라고 적힌 이 노트를 가져올 때만 해도 한옥인
이 풀려나리라고는 생각 못했는데 만약 그녀가 외국에서 돌아
와 자신의 필사 노트가 없어진 것을 안다면 기분 나빠할지 모
른다. 어떤 핑계를 대고 돌려줘야 할지 고민하면서 노트를 펼쳐
보았다.

한옥인은 총에 최적화된 자신의 손이, 엄지 뼈가 도드라져
남자 손처럼 크고 예쁘지 않아 싫다고 했는데 글씨체는 젊은
사람들에게 인기 있는 예쁜 필체였다. 한때 학원에서 논술 강의
를 했던 현이 이런 글씨체로 답안이 작성된 원고지를 보면 점
수를 더 주고 싶었던 그런, 단정하면서도 유니크한 글씨체였다.

에도가와 란포 문학상을 수상한 일본 추리소설의 대모 에이

토 미치코의 소설을 필사해본 적이 있는 현은 필사라는 것이 이렇게 단정함을 일정하게 유지하며 쓰기 어려운 작업이라는 것을 잘 알고 있었다. 한옥인의 방에서 본 적 있는 시에라리온 소년의 기사, 사장이 독특한 코멘트를 내놓았던 호르무즈 봉쇄 기사들이 한 땀 한 땀 수성펜으로 공들여 필사되어 있었다. 매일 열 꼭지의 기사를 백 번 필사한 뒤에는 기사 재구성 테스트를 했다. 대부분 진명유가 이긴 듯 기사 제목 옆에 X 표시가 되어 있었고 빨간펜으로 밑줄을 그은 뒤 개선해야 할 부분이 적혀 있었다. 진명유와의 경쟁에 몰려서 무리하게 건 배틀로 치달을 수밖에 없었던 궤적들을 보니 현은 자신의 일인 양 마음이 아렸다.

건 배틀 전날까지 필사를 하고 그 뒤는 빈 공책이었다. 공책을 덮으려다 맨 뒤에 무언가가 삐져나와 있는 것을 발견했다. 몇 장의 간이영수증이었다. 커피 믹스와 수성펜, A4용지 등의 지출 내역이 적혀 있었다. 한옥인이 회사에서 필요한 물품을 산 모양이었다. 글씨를 흘려 쓰긴 했어도 조금 전 필사 공책에서 봤던 한옥인의 글씨체와 같았다. 작은 회사의 경우 간이영수증이라는 게 세금공제를 위해 가게 주인이 아니라 회사 직원이 자필로 쓰는 경우가 많아 그런가보다 하고 넘기려는데 영수증이 누렇게 바래 있었다. 한옥인이 근무한 게 색이 바랠 정도로 오래된 일이 아닌데 싶어서 발행 날짜를 보니 9년 전이었다. 9년 전이면 김수정이 있을 때인데 왜 한옥인의 글씨체로 이 물건을 산 것일까. 다른 영수증들도 꼼꼼히 살펴보았다. 대부분 사무실에서 쓰이는 용품들이었는데 마지막 영수증에 '이카루스—35,000 / 춤—27,000'이 적혀 있었다. 영수증 날짜는 10월로, 그때는 한옥인이 회사를 다니고 있던 시기였다.

현은 정신을 가다듬기 위해 허공에 시선을 두고 가만히 서 있었다. 어떻게 된 일인지 짐작조차 가지 않았다. 다시 공책 앞부터 꼼꼼히 살펴보았다. 9년 전 날짜의 간이영수증에 쓰인 글씨체와 같다는 것만 빼면 평범한 필사 공책이었다. 다시 영수증을 앞뒤로 살펴보던 중 영수증 뒤에 '역절모에 가입할 것!'이라고 휘갈겨 쓴 글씨가 있었다. 역절모? 현이 허둥지둥 노트북을 켜고 검색창에 역절모를 입력했다. '역사를 바로 세우는 젊은이들의 모임'이라는 카페가 떴다. 카페를 클릭했지만 해당 카페는 존재하지 않는다는 문구가 떴다. 방이 폭파된 것이다. 대신 그 카페에 실렸던 몇 개의 글들이 떴다. 카페는 폭파되었지만 글은 남은 것이다. 검색에 최적화된 포털사이트의 함정이다.

클릭하는 현의 손이 떨렸다. 3차대전은 어디서 일어날 것인가, 발칸반도에 튄 불똥, IS로 향하는 소년 소녀들…… 트리거트리거에 실려 있었다고 한옥인이 인터뷰에서 밝혔던 내용과 똑같은 글이었다. 현은 뭔가 한옥인이 했던 과정을 그대로 답습하고 있다는 이상한 기시감이 들었다. 김수정의 뒤를 좇는 한옥인, 한옥인의 뒤를 좇는 현.

현은 방 안을 서성였다. 뭔가 이상하다. 트리거트리거는 존재했으나 존재하지 않는 것일까, 아예 존재조차 하지 않은 것일까. 전제가 거짓이면 결과가 거짓이라고 한옥인이 말했다. 이제까지는 존재했다는 전제하에 모든 정황들을 맞춰왔다. 존재했다는 전제를 뒤집으면 많은 의혹들이 의외로 쉽게 해결될 수 있다.

변호사에게 전화를 걸어 회사 지하에서 수거했다는 원고와 간이영수증 사진을 부탁했다. 변호사는 재판이 끝난 뒤 사용한 자료들을 전부 한옥인의 집으로 보냈다고 말했다. 나는 변호사에게 필사 공책에 붙어 있던 간이영수증 사진을 전송한 뒤 지하에서 수거한 간이영수증의 글씨체와 같은지 확인을 부탁했다. 그는 비슷한 거 같긴 한데 유심히 보지 않아서 확신할 수 없다고 했다.

한옥인을 만나서 얘기를 들어보면 간단한데 한옥인은 몇 달 동안 외국에 나가서 쉴 것이라고 했다. 한옥인에게 전화를 걸어 봤지만 낯선 여자가 받아 자신은 한옥인이 아니라고, 핸드폰을 산 지 얼마 되지 않았다고 말했다. 머리를 식힐 겸 외국을 나가는데 로밍을 하지 않고 아예 해지를 했다.

한옥인의 원룸을 찾아갔다. 한옥인은 외국에 가서 없을 테니 변호사가 보냈다는 택배가 현관문 밖에 있을지도 모른다. 한옥인의 집 앞에 택배상자는 없었다. 돌아 내려오는데 구두 굽 소리가 들렸다. 한 여자가 현을 지나쳐 계단을 올라가고 있었다. 현이 계단 난간 사이로 올려다보니 한옥인의 집으로 들어가고 있었다. 현이 급하게 뛰어올라가 여자가 문을 닫기 전에 말을 걸었다. 여자는 갑자기 남자가 나타나자 문 손잡이를 붙든 채 경계했다. 현이 죄송하다고 말하고, 여기 사셨던 한옥인 씨를 아시냐고 정중하게 물었다. 여자는 이사 온 지 얼마 되지 않아서 잘 모른다고 말하고 재빨리 안으로 들어갔다.

한옥인은 전화번호도 바꾸고 집까지 정리했다. 충분히 이해가 갔다. 비록 실형은 피했지만 살인의 그림자는 쉽게 사라지지 않는다. 모든 사람이 그녀를 잊기를 기다리기보다는 그녀가 다른 삶을 살아 그들의 기억에서 벗어나는 게 빠를 것이다.

현은 버스를 두 번 갈아타고 한옥인의 어머니 집으로 갔다. 어머니는 현의 두 손을 맞잡았다.

—감사합니다. 감사합니다. 제 딸이 선생님 덕분에 풀려났다고, 생명의 은인이라고 하더군요. 그렇지 않아도 한번 찾아 뵈려고 했는데 먼 길을 오셨네요.

—아닙니다. 제가 한 건 별로 없습니다. 따님이 외국에 갔다고 하던데 언제 오시는지 알 수 있을까요?

—딸은 당분간 안 올 겁니다. 지 할아버지가 독립운동을 했던 중국으로 갔어요. 책을 낸다나 어쩐다나. 에효, 책이라면 넌더리가 날 법도 하건만.

—옥인 씨 할아버님이 독립운동가셨다고요?

—모르셨구나. 저희 시아버님이 간도에서 독립운동을 하시다가 일본놈 앞잡이가 밀고를 해서 아내와 아들을 잃으셨어요. 아, 그러니까 옥인이 아버지 말고요. 옥인이 아버지는 해방 후 한국에 들어온 시아버님이 뒤늦게 재혼해 낳은 아들이고요. 시아버지는 당신의 부인과 아들을 죽인 사람을 추적해 원수를 갚으려다 오히려 당했지요. 간도에서 밀정 노릇을 하던 매국노는 몰래 한국으로 들어와 일본 지주의 마름으로 지내더니 해방 후

지주가 놓고 도망간 땅을 지 명의로 돌려 떵떵거리며 살다가 경찰서장까지 됐는데, 간도에서 돌아와 아무런 연고 없이 빈털터리인 저희 시아버님이 그놈을 어떻게 이기겠어요. 계란으로 바위치기죠. 그 땅이 최가놈 땅이 아니라는 증거를 백방으로 찾았지만 직접적인 증거가 없었어요. 그러다 보니 정황증거뿐인데 판사님들이 그걸 받아주나요? 남편은 또 아버지 원수 갚는다고 일본 지주가 놓고 간 땅을 두고 국가반환소송인가 뭔가를 벌이다가 또 그 최가놈 칼바람에 목숨을 잃고……. 무슨 악연이 그리 질긴지.

—옥인 씨 아버님 성함이 어떻게 되는지 알 수 있을까요.

—한 정 자, 목 자입니다.

—혹시 도일이라는 분 아세요?

—도일이요? 처음 들어본 이름인데요?

—그럼 박도선 씨는 아세요?

—아, 왜 몰라요? 우리 사위인데.

—네? 사위요?

—지금 딸하고 같이 중국에 갔어요.

—아…… 네.

현은 허둥지둥 한옥인의 어머니 집을 나왔다. 도일이 한옥인의 남편이었는데 경찰이 모를 수가 있을까. 참고인 조사를 몇 차례 받았는데. 아, 만약 혼인신고가 안 되어 있다면 그럴 수도 있다.

도일은 변호사에게 전화해서 사건이 벌어진 수목원의 주소를 알려달라고 부탁했다. 토지대장을 검색해보니 최 사장과 한 씨 부자 사이에 소송이 있었고 최 사장의 승소로 끝나 있었다. 소송 전에는 수목원 겸 놀이공원으로 운영된 것으로 기록되어 있었다. 이 땅이 일본 지주가 놓고 간 땅인데 소송에 걸리자 폐쇄한 모양이다.

현은 지하철을 타고 회사로 갔다. 조용한 주택가인 것은 똑같았지만 붉은 벽돌 이층집은 낮과는 전혀 다른 모습이었다. 현관문에 켜진 주황 불빛에 뿌옇게 떠오르는 섬 같았다. 현은 도무지 이 상황이 어떻게 된 건지 이해할 수 없었다. 벨을 누르려다 말았다. 여기 사는 사람들도 사건 후 이사를 온 것뿐이다.

더 이상 할 수 있는 일이 없어서 집으로 가려다가 뒤를 돌아보았다. 진명유와 차장이 그림자를 이끌며 퇴근하던 골목은 현이 서 있는 곳보다 더 어두운 채로 길게 늘어져 있었다. 여기서 보기엔 막다른 골목처럼 보이는데 그쪽으로 가면 마을버스를 타는 지름길이 나온다고, 진명유는 항상 그쪽으로 퇴근했다고 한옥인이 인터뷰에서 밝혔다.

현이 골목 끝까지 가봤지만 길이 없는 막다른 골목이었다. 골목의 골목이라 부를 만한 아주 좁은 길이 있긴 했다. 위장으로 내려가는 식도처럼 겨우 한 사람이 지나다닐 수 있을 만큼 좁은 길이었다. 집들의 뒷담이 이어져 있는, 그러니까 집을 짓다보면 자신의 땅이 아닌 자투리땅이 어쩔 수 없이 남게 되어 골목이 된 형태였다.

현은 도저히 길이 나올 거 같지 않은 이렇게 어둡고 좁은 길로 진명유가 매일 출퇴근을 했다는 것이 믿어지지 않았다. 당연히 사람들이 다니지 않는 길이라 깜깜했다. 양손으로 담을 짚어가며 끝을 향해 걸어갔다. 바닥에는 쓰레기들이 눈비에 썩어 질 퍽거렸다. 어두워 뭔가에 잘못 걸려 넘어지기라도 하면 낭패였다. 조심조심 한참을 걷자 저만치 골목 바깥에서 네온사인과 가로등의 희붐한 빛이 비쳐들었다. 마지막 한 걸음을 떼어 골목을 벗어나며 안도의 긴 한숨을 내쉬었다.

처음 눈에 띈 것은 현이 지금까지 짚고 걸어 나온, 길게 이어진 벽돌담이었다. 현은 제자리에 서서 주변을 둘러보았다. 벽돌담 끝에는 성당의 정문이 보였다. 현이 서 있는 자리는 지하철역에서 회사로 오면서 지나쳐 온 성당과 먹자골목과 연결되어 있는 길의 뒤쪽이다. 새로운 길이 아니었다. 진명유는 왜 굳이 편한 큰길을 두고 이 멀고 험한 길을 돌아 출퇴근을 했던 것일까.

현이 어리둥절한 채로 한참을 제자리에 서서 주변을 둘러보았다. 성당의 뒷문 옆에 '헨젤과 그레텔'이라는 아담하고 예쁜 카페가 눈에 띄었다. 성당 뒤쪽이라 지하철역에서 오는 길목에서는 보이지 않았을 것이다. 현은 전혀 커피를 마실 생각이 없었지만 뭔가에 이끌려 안으로 들어갔다. 손님은 없었다. 알바생이 어서 오세요,라고 인사를 했다. 현은 벽에 걸린 주문표를 보고 아메리카노를 주문했다. 초코칩과 치즈가 박힌 쿠키가 카운터에 놓여 있는 평범한 카페였다. 작은 유리장에 수제로 만든 티라미수 조각 케이크도 진열되어 있었다. 현은 자리에 앉아서 도대체 뭐가 어떻게 된 건지 차분히 생각해보고 싶었다. 도일과 한옥인이 부부고, 한옥인의 할아버지가 독립운동을 했고, 사장의 아버지가 밀정이고, 도일이 경찰서에서 주장했던 사장의 범법 행위들이 모두 사실이라면…….

—주문하신 커피 나왔습니다.

알바생이 외쳤다.

—영수증에 화장실 비번 있습니다.

현이 쟁반에 놓인 커피잔만 달랑 들자 알바생이 영수증을 가리키며 말했다. 그 말을 들으니 갑자기 요의가 느껴졌다. 점심을 먹은 후 지금까지 한 번도 화장실을 가지 않았다. 현은 자리로 돌아와 영수증을 들여다보았다. 영수증 상단에 '헨젤과 그레텔' 카페 이름이 있고 그 아래 사업주 이름에 '진명유'라고 적혀 있었다. 분명히 진명유였다. 현이 카운터로 다가갔다.

—저기요, 뭐 하나 여쭤볼게요. 여기 사장님 성함이 진명유 씨인가요?

—그건 잘 모르겠는데요.

—여기에 그렇게 적혀 있어서요.

현이 부들부들 떨리는 손을 감추려는 생각도 못하고 알바생 눈앞에 영수증을 흔들었다.

—잘 모르겠어요.

알바생은 현을 의심스럽게 바라보며 더 이상 대답하지 않았다. 현은 다시 자리에 와 앉았다. 도대체 어떻게 된 일인지 알 수 없었다. 그때 카페 문이 열리며 한 남자가 들어섰다. 헤링본 싱글 양복에 손에는 일수 가방 같은 것을 들고 있었다. 육십대는 넘어 보였다. 현이 놀라 자리에서 벌떡 일어섰다.

─어라? 알바가 또 바뀌었네? 헨젤 사장님은 재주도 좋아. 어디서 이렇게 이쁜 알짜배기 알바생만 뽑는 거야?

남자가 이를 드러내고 웃자 눈가에 짙은 주름이 잡혔다. 중저음의 기름진 남자의 말에 알바생이 기분 나쁜 얼굴로 살짝 고개를 숙였다. 그제야 남자가 분위기를 파악한 듯 웃음을 거두고 헛기침을 했다.

─진 사장님 아직 마감하러 안 오셨나? 이따 사장님 오시면 이 부장 다녀갔다고 전해줘요. 저기 순두부찌개 가게에서 저녁 먹고 있을 테니 식사 안 하셨으면 사장님도 그쪽으로 오시라 하고.

이 카페의 이름이 낯익다고 생각했는데 진명유에게 트라우마로 남은 새끼 고양이 헨젤과 그레텔이었다.

한옥인의 함정에 빠진 것일까. 함정이라는 것은 누군가가 악의적으로 쳐놓은 덫이다. 그 덫에 걸려든 것일까. 예전에 읽었던 범죄심리학 책에 의하면 범인들이 하는 진술 속에 진실이 숨어 있다고 했다. 현은 자신이 녹취한 한옥인의 인터뷰 내용을 꼼꼼히 검토해본 뒤 김수정의 죽음에 대해 검색을 시작했다. 실제로 잠실쇼핑센터 화장실에서 살해당했고 8년이 지나도록 범인이 잡히지 않아 미제사건으로 이첩되었다는 기사가 있었다. 노숙자의 실종에 대한 기사는 많아 어느 것이 이 사건과 연관이 있는지 찾기는 어려웠다. 노숙자는 신원이 불분명해 건 배틀로 죽임을 당했다 해도 누군가 실종신고를 하지 않았다면 묻혔을 것이다.

현은 인터뷰에 등장하는 것들을 하나씩 검증해나가다가 한 옥인이 〈폭력의 역사〉 영화를 보고 가족을 위해 희생하는 주인 공이 존경스러워서 비고 모텐슨의 사진을 노트북 바탕화면으로 설정해두었다는 장면에서 멈췄다. 한옥인 또한 가족을 위해 위험한 희생의 길에 뛰어든 것이다. 목숨을 걸어 사경까지 헤맨 한옥인에게 승률은 중요하지 않았다. 승률이 10퍼센트건 90퍼 센트건 성공이냐, 실패냐는 면에서 봤을 때 50퍼센트의 승률과 같은 게임이었다. 어디서부터 진짜이고 어디까지가 가짜인지 알 수 없지만 그것을 파헤치는 것은 의미가 없다는 생각이 들었다.

모든 길은 연결되어 있다고 진명유가 말했다. 한옥인이 자 신을 내려다보고 있는 거 같았다. 색 바랜 영수증 같은 것은 감 추려면 얼마든지 감출 수 있었을 것이다. 한옥인이 현을 유인 하는 빵가루를 뿌려 헨젤과 그레텔이 사는 집으로 이끈 것은 아니었을까. 헨젤과 그레텔은 복기에 관한 동화이다. 과거의 흔적을 복기해 행복한 집을 찾아가는 해피엔딩 스토리. 현은 그녀가 도일과 여행을 하면서 간헐적이 아닌 영원한 해피엔딩 의 동화를 완성하길 진심으로 바랐다. 현은 수제 티라미수 케 이크 한 조각을 주문했다. 포크로 막 뜨려다 멈칫했다. 흩뿌려 져 있는 흑갈색 코코아 가루와 가윗날이 보일 듯한 티라미수 의 예각에 시선을 멈추었다. ■

| 참고 서적 |

가노 요시노리 《총의 과학》(신찬 옮김, 보누스, 2021)

남도현 《Gun : 전쟁의 패러다임을 바꾼 총기 53선》(플래닛미디어, 2019)

마틴 J. 도허티 《총기백과사전》(양혜경 옮김, 휴먼앤북스, 2016)

마이클 스티븐슨 《전쟁의 재발견》(조행복 옮김, 교양인, 2018)

박환 《독립군과 무기》(도서출판선인, 2020)

이내주 《전쟁과 무기의 세계사》(채륜서, 2017)

존 G. 스토신저 《전쟁의 탄생》(임윤갑 옮김, 플래닛미디어, 2009)

존 키건 《2차세계대전사》(류한수 옮김, 청어람미디어, 2016)

제8회 황산벌청년문학상 심사 과정은 고되고 지난했다. 마냥 독서의 즐거움에 빠져 있을 수만은 없었기 때문에 더 그랬다. 왜 독서의 즐거움에 빠질 수 없었는가? 그건 어쩌면 황산벌 청년문학상 공모전이 지니고 있는 의미와 역할 때문일 것이다. 따지고 보면 문학상 공모전은 시장의 흐름과는 정반대의 성격을 지니고 있다. 쉽게 읽히고, 많은 사람의 공감을 불러일으키며, 더불어 위로까지 안겨주는 작품들. 그 작품들의 손을 들어주는 것은 시장의 일이다. 문학상 공모전은 그 조건들보다는 이전 세대 작품과는 다른 미학적, 인식적 가치를 앞세운다. 그런 이유로 까다롭고 섬세한 문장들에 먼저 눈길을 주고, 공감보다는 새로운 인식을, 위로보다는 감정의 근원과 정확성을 갖춘 작품의 손을 들어준다. 왜 꼭 그래야 하느냐고, 시장과 발맞추어 가도 되지 않느냐고 묻는다면, 그것이 바로 문학상 공모전만이 할 수 있는 일이기 때문이라고 답할 수밖에. 문학이 시장의 길만 좇아가면 종래에 남는 것은 오직 대중의 주문뿐일 것이다.

주문과는 다른 낯선 도착. 황산벌청년문학상이 지닌 소중함도 거기에 있을 것이다.

예심을 거쳐 최종심에서 주로 논의된 작품은 세 작품이었다. 임명상 씨의 《작문치료》와 서지혜 씨의 《임신수첩》, 그리고 김경순 씨의 《장미총을 쏴라》이다. 세 편 모두 문장과 구성의 미학적 긴장을 갖춘 작품들이었고, 또 각기 다른 개성적인 목소리를 담고 있는 소설들이었다.

먼저 《작문치료》. 프랑스의 샤를 드골 공항과 한국의 후암동, 강화도를 공간적 배경으로 삼은 이 소설은 각자 상처를 안고 살아가는 인물들의 갈등과 치유, 화해와 이해의 과정을 정밀하게 보여주는 수준 높은 작품이었다. 남편의 폭력과 이방인에 대한 오해와 혐오, 이 이중의 폭력에 시달린 박선영에 대한 작문치료를 중계하는 것 자체가 이 소설의 주된 기둥이기도 한데, 문장은 수려했고 인물을 다루는 태도는 더없이 진중했다. 특히 박선영과 김인아에게 상처를 준 대상인 최준오와 홍 대표(반대급부적 인물들)를 그리는 작가의 시선이 한쪽으로 치우치지 않고 끝까지 객관성을 유지한 점, 김인아를 통해 박선영의 이면을 드러내는 점 등은 이 작품을 끝까지 읽게 만드는 장점으로 작동했다. 하지만 폭설로 인한 연착으로 호텔에 모인 사람들의 대화와 행위가 지나치게 작위적이고 감상적이라는 점, 박선영이 홍 대표의 가족으로부터 당하는 폭력 장면 등 돌연하게 다가오는 플롯들이 다수 등장했다는 점이 마지막까지 이 작품에 대한 선택을 주저하게 만들었다. 인물 간의 대화와 내면 서술의 인위성을 줄이고 플롯의 줄기를 보다 집중력 있게 가지치기한다면 또 다른 자리에서 다시 만날 수 있을 것이라는 기대를 갖게 만들었다.

《임신수첩》의 장점은 무엇보다 살아 있는 입말과 그 입말을 보강해주는 구체적이고 생동감 넘치는 묘사였다. 임신 36주차부터 시작되는 직장맘 윤희의 생활을 하나하나 따라가는 이 소설은, 현재 우리 시대의 욕망과 윤리, 그리고 그 사이 작은 틈을 예리하고 날카롭게, 그러면서도 과하지 않게 드러낸 작품이었다. 배려해주면서 배척하는, 축하해주면서 외면하는 사람들을 천천히, 고개를 끄덕거리면서 따라가다 보면 그 과정 속에 우리 모두가 포함되어 있다는 진실과 마주치게 된다. 그만큼 이 소설은 잘 빚어진 통속소설이기도 했다. 하지만 심사과정 중에 이 작품이 정말 하고 싶은 말이 무엇일까,에 대한 의문이 제기되었다. 직장맘과 임산부를 대하는 우리 시대의 이중적인 태도를 말하고자 하는 것일까? 아직 다뤄지지 않은 페미니즘에 대한 이야기일까? 그렇다면 이전에 존재했던 소설들과 어떤 차이점과 다른 목소리를 지녔는가?《임신수첩》이 통과하지 못한 것은 바로 그 질문들이었다. 소설 자체만 놓고 보면 그 어떤 논리적 결함도, 작위적이고 인위적인 구성도 없었지만, 이미 우리가 알고 있는 이야기를 되풀이하고 있다는 느낌, 거기에서 자유롭지 못했다. 소설은 시대의 목소리를 드러내는 장르이지만, 필연적으로 이전 작품과의 차별성을 지녀야만 한다. 거기에서부터 미학적인 고민도 시작되는 법이다. 조금 더 당대적인 삶의 의미를 자신의 것으로 만드는 노력이 필요해 보인다.

올해 황산벌청년문학상 당선작은 《장미총을 쏴라》이다. 폐쇄된 놀이공원의 대형 컨테이너 안에서 두 명의 남자를 총으로 살해한 혐의로 교도소에 갇힌 한옥인의 진술을 기반으로 이루어진 이 소설은, 그 사건의 이질성과 특수성으로 인해 추리소설의 외피를 쓰고 있다. 하지만 진술자의 신원이 모두 밝혀진 상태이기 때문에 이 소설의 핵심은 당연히 '어떻게?(사건)'가 아니고 '왜?(이유)'에 맞춰져 있다. 왜 평범한 잡지사 신입사원이, 그것도 언론고시를 준비하고 도서관에서 시집을 읽는 습관을 지닌 눈에 잘 띄지도 않는 이십대 여성이, 자신의 상사 두 명을 향해 총을 발사할 수밖에 없었는가? 그 사정을 따라가는 것이 이 소설의 플롯이기도 하다. 이런 경우 대개 그 사정이 클리셰의 범주에 머물거나, 논리적 결함이 드러나면 실패한 작품으로 귀결되고 만다. 하지만 《장미총을 쏴라》는 우직한 장편소설의 문법을 따라 '왜?'의 질문을 정면으로 돌파해나간다. 가벼운 트릭이나 번잡한 에피소드의 나열로 상황을 우회하는 것이 아닌, 작가가 상정한 '이유'가 시작과 중간과 끝에 타당하게 얹혀 있다. 그리고 종내에는 그 '이유'가 한옥인 개인에게만 해당되는 '특수성'이 아닌, 우리 모두의 '보편성'으로 이어진다는 사실을 깨닫게 된다. 말하자면 '총'으로 상징되는 '역사의 폭력'이 언제든 '폭력의 역사'로 뒤바뀔 수도 있다는 전언. 아마도 그 전언이 이 작가가 《장미총을 쏴라》를 통해서 말하고 싶었던 참주제일 것이다. 대의의 폭력은 어떻게 내면의 폭력과 연결되는가? '대의'라는 말 속엔 이미 '폭력'이, '피'가 함께하는 것은 아닐까? 그 주제는 이 소설의 인물들이 견디고 있는 현실들, 즉 우리 시대의 보이지 않는 '대의'의 윤리와 교묘하게 감춰진 '서바이벌' 질서를 뒤돌아보게 만든다. 구조적 완결성과 묵직한 주제의식, 살아 있는 캐릭터들의 감각적인 배치 등, 모든 심사위원이 흔쾌히 《장미총을 쏴라》를 수상작으로 결정했다. 모처럼 의미와 재미, 속도와 중량감을 함께 지닌 소설을 만난 기분이다. 당선을 진심으로 축하드린다.

제8회 황산벌청년문학상 심사위원

소설가 **김인숙 천운영 이기호**(대표집필), 문학평론가 **류보선 김미현**

| 작가의 말 |

처음으로 진짜 총을 본 것은 이 소설을 구상하고 취재할 때였습니다. 드라마나 영화에서 무수히 총을 봤지만 실제로 그것을 보고 만져보니 총은, 더 이상 이미지나 상징이 아니었습니다.

세계는 전쟁 중입니다. 우리 역사의 한 지점으로 거슬러 올라가 역사의 폭력과 폭력의 역사가 반복되고 되물림되는 지점들을 통해 우리의 현재를 이야기해보고 싶었습니다.

불안을 다독이고, 질투를 느끼지 않는 유일의, 나를 숨 쉴 수 있게 해준 것이 소설이었습니다. 그것만으로도 충분했는데요. 이름까지 불러주신 논산시와 심사위원님들께 감사드립니다. 앞으로 나아갈 수 있는 큰 힘을 주셨습니다. 책을 출간해주신 은행나무출판사와 법률적 조언을 해주신 법무법인 태림의 서상영 변호사님께 감사드립니다.

* 고맙습니다.

이원규 선생님, 조동선 선생님, 봉지희 교수님, 송민희 교수님, 강봉자 대표님, 친구 지명숙, 희자매들(선희·은희·진희) 소설 친구 우경미 씨, 김숙 씨, 박정란 씨, 임수현, 은승완 씨, 학교 제자들, 연로하신 부모님과 언니 오빠들, 형근, 정겸, 연수, 성근 가족들, 거명하지 못한 많은 분들께 감사드립니다.

2022년 10월
김경순

제8회 황산벌청년문학상 수상작

장미총을 쏴라

1판 1쇄 발행 2022년 10월 19일

지은이 · 김경순
펴낸이 · 주연선

(주)은행나무
04035 서울특별시 마포구 양화로11길 54
전화 · 02)3143-0651~3 | 팩스 · 02)3143-0654
신고번호 · 제 1997—000168호(1997. 12. 12)
www.ehbook.co.kr
ehbook@ehbook.co.kr

ISBN 979-11-6737-227-7 (03810)